Contos da Avozinha

Figueiredo Pimentel

Contos da Avozinha

Contos de Ouro

ENCONTRE MAIS
LIVROS COMO ESTE

Copyright desta obra © IBC - Instituto Brasileiro De Cultura, 2024

Reservados todos os direitos desta produção, pela lei 9.610 de 19.2.1998.

1ª Impressão 2024

Presidente: Paulo Roberto Houch
MTB 0083982/SP

Coordenação Editorial: Priscilla Sipans
Coordenação de Arte: Rubens Martim (capa)
Produção Editorial: Eliana S. Nogueira
Revisão: Jorge Moutinho Lima
Diagramação: Fernando G. Houck

Vendas: Tel.: (11) 3393-7727 (comercial2@editoraonline.com.br)

Foi feito o depósito legal.
Impresso na China

Dados Internacionais de Catalogação na Publicação (CIP)
de acordo com ISBD

P644c   Pimentel, Figueiredo

Contos da Avozinha / Figueiredo Pimentel. – Barueri :
Camelot Editora, 2024.
144 p. ; 15,1cm x 23cm.

ISBN: 978-65-6095-123-5

1. Literatura brasileira. 2. Contos. I. Título.

2024-1495   CDD 869.8992301
                                         CDU 821.134.3(81)-34

Elaborado por Odilio Hilario Moreira Junior - CRB-8/9949

IBC — Instituto Brasileiro de Cultura LTDA
CNPJ 04.207.648/0001-94
Avenida Juruá, 762 — Alphaville Industrial
CEP. 06455-010 — Barueri/SP
www.editoraonline.com.br

SUMÁRIO

O COMPANHEIRO DE VIAGEM 7

O AVÔ E O NETINHO 14

O SOLDADO E O DIABO 16

O VIOLINO MÁGICO 17

O MIUDINHO 19

O SARGENTO VERDE 20

O PATINHO ALEIJADO 23

O BESOURO DE OURO 26

O MOÇO PELADO 29

OS TRÊS CAVALOS ENCANTADOS 33

HISTÓRIA DE UM PINTINHO 36

O PAPAGAIO ENCANTADO 39

O MOLEQUE DE CARAPUÇA DOURADA 43

A ONÇA E O CABRITO 47

O AFILHADO DO DIABO 50

O PRÍNCIPE ENFORCADO 53

I. A PRINCESA DOS CABELOS DE OURO 56

II. AVENTURAS DO PAJEM FORMOSO NO
REINO DAS MARAVILHAS 60

III. NOVAS FAÇANHAS DO PAJEM FORMOSO 63

O PEIXE ENCANTADO 66

O PÁSSARO MAVIOSO 70

JOAQUIM, O ENFORCADO 72

O PRÍNCIPE QUERIDO 76

O ANJO DA GUARDA 83

A CASA DE MARIMBONDOS 86

O MACACO E O MOLEQUE 87

O BOM JUIZ 89

A MOÇA ENCONTRADA NO MAR 89

AS TRÊS PRINCESAS ENCANTADAS 92
OS ANÕES MÁGICOS...94
II 95
III...96
IV...97
AVENTURAS DE UM JABUTI...97
A GATINHA BRANCA..98
O DR. GRILO...106
O GRANDE ADVOGADO..107
OS ANÕEZINHOS FEITICEIROS...108
A CASA MAL-ASSOMBRADA 110
AS AVENTURAS DO ZÉ GALINHA 111
O CÁGADO E O URUBU..114
A PRINCESA ADIVINHA...115
OS TRÊS MINISTROS..116
O PAI E O FILHO..117
A RAINHA DAS ÁGUAS...117
A MOÇA DO LIXO 122
A VELHA FEITICEIRA...123
A SAPA CASADA..125
A ONÇA E A RAPOSA 127
O ANEL MÁGICO 127
UM RAIO DE SOL...129
A FAQUINHA E A BILHA QUEBRADA..131
A BURRA E O SEU BURRINHO 133
II 136
O VESTIDO RASGADO..138
A ALMA DO OUTRO MUNDO..141

O COMPANHEIRO DE VIAGEM

André, o bom Andrezinho, menino querido e estimado por todos que o conheciam, achava-se desesperado, banhado em lágrimas, aflito, porque sabia que o seu extremoso pai estava morrendo.

Só ele velava no pequeno e desguarnecido aposento onde jazia o moribundo. A lamparina acesa derramava amortecida claridade. Era noite alta.

De súbito, o velho, quebrando o silêncio, falou:

— Sempre foste um bom filho, André, e por isso Deus vai te ajudar na tua peregrinação pela Terra.

Depois, olhou tristemente o filho, pela última vez, fechou os olhos para sempre e expirou. Estava morto, mas parecia dormir apenas um sono doce, calmo, tranquilo, porque morrera serenamente, como um justo, que sempre fora.

André, compreendendo a terrível realidade, chorava amargamente. Ajoelhado junto à cama, tendo entre as suas as mãos do seu amado pai, beijando-as com todo o respeito, deixou-se ficar na mesma solidão, sempre a chorar, até que, vencido pelo sono, exausto de fadiga, adormeceu.

Sonhou. Viu o Sol e a Lua inclinarem-se diante dele. Viu o velho, de perfeita saúde, sorrindo alegre como outrora nos seus dias de bom humor. Uma encantadora mocinha, tendo uma coroa de ouro sobre a bela cabeça ornada de louros cabelos, estendia-lhe a mão, enquanto seu pai lhe dizia: "Eis tua noiva, André. É a moça mais formosa do mundo inteiro".

O menino despertou.

A agradável e radiante visão havia desaparecido. Ninguém se achava a seu lado: no quarto, só estavam ele e o cadáver.

No dia seguinte, enterraram o morto. André acompanhou tristemente o enterro, lembrando-se de que nunca mais havia de ver aquele a quem ele tanto amara, e por quem tanto fora amado. Ouviu o som da terra caindo sobre o caixão; ouviu os cantos suavíssimos das preces rezadas. E chorou. As lágrimas fizeram-lhe bem, aliviando-o.

Olhou em torno de si. O Sol brilhava majestosamente, dourando as árvores verdejantes, como se quisesse dizer-lhe: "Consola-te, Andrezinho, contempla este céu, tão azul, tão sereno! É nele que está teu pai rogando a Deus para que sejas eternamente feliz".

E ali mesmo, no cemitério, o mocinho protestou consigo mesmo:

— Prometo que serei sempre bom, porque quero reunir-me, um dia, a meu pai, que está no Céu.

Em seguida, tendo ajoelhado e rezado mais uma vez, no sepulcro do seu querido morto, retirou-se para casa, ainda triste, porém, resignado, consolado.

* * *

Alguns dias mais tarde, André resolveu abandonar a sua aldeia natal, para correr mundo em busca de trabalho.

Firmemente resolvido a executar esse projeto, arrumou a sua trouxa, vendeu as poucas coisas que o velho deixara, conseguindo reunir apenas cinquenta mil réis, e pôs-se a caminho, tendo ido primeiro ao cemitério despedir-se do seu querido pai.

Por muitos e muitos dias caminhou ele, sempre em frente, atravessando planícies, montes, vales, florestas e aldeias.

Por toda parte, onde quer que chegasse, todos o acolhiam efusivamente, simpatizando à primeira vista com a sua fisionomia expansiva, leal, franca, honesta. E ninguém lhe recusava hospedagem.

Outras vezes, porém, longe dos povoados, quando a noite baixava, dormia ao deus-dará, quer em pleno campo, ao relento, quer abrigado em algum velho tronco de árvore. Não receava as feras, os animais, os bichos venenosos, acolhendo-se sob a proteção de Deus.

Um dia, jornadeava ele por uma extensa campina. Ao cair da tarde, o tempo mudou bruscamente; enfarruscou-se o céu, coberto de grossas nuvens negras. Ameaçava chuva. Trovões ribombavam. Relâmpagos cruzavam-se nos ares.

Ao longe, muito longe, erguida sobre um pequeno outeiro, alvejava uma capelinha.

André correu para ela; e, vendo a porta aberta, entrou, para fugir ao temporal, que acabava de desabar.

Ajoelhou-se a um canto, fez a sua oração e adormeceu.

Pelo meio da noite, despertou. A tempestade cessara. A noite tornara-se calma. Pela porta aberta, o luar entrava, iluminando a igrejinha.

Foi só então que o rapaz reparou: no centro da nave estava um esquife aberto, com um cadáver, que não haviam tido tempo de enterrar. Não teve medo, porém, pois sabia que os mortos não voltam; e que só os vivos fazem mal, quando são maus.

Depois de fazer uma breve oração, por alma daquele finado, ia de novo adormecer, quando ouviu barulho de passos. Ato contínuo, entraram dois homens: dirigiram-se para o caixão, e fizeram menção de carregar o corpo.

— Que querem os senhores com esse morto? — perguntou o mocinho, intervindo. — Deixem-no em paz, pelo amor de Deus!...

— Não — respondeu um dos dois malfeitores. — Vamos atirá-lo fora, para servir de pasto aos urubus, porque ele nos devia dinheiro e morreu sem nos pagar.

— Ignoro a quanto montava a dívida — disse o moço. — Toda a minha fortuna, cinquenta mil réis, de bom grado lhos darei, se os senhores me prometerem que não exercerão tão mesquinha vingança.

— Pois sim — concordaram os dois perversos. — Já que o senhor paga por ele, deixá-lo-emos apodrecer sossegadamente.

André deu-lhes o dinheiro, e os malvados retiraram-se.

Ao amanhecer, o generoso mocinho saiu da igreja e prosseguiu na jornada, embrenhando-se numa floresta que viu em frente.

Tendo-a atravessado, ao cabo de alguns minutos encontrou um rapaz, pouco mais ou menos de sua idade, que lhe perguntou:

— Para onde se dirige você, camarada?

— Vou por esse mundo em fora, até encontrar trabalho — respondeu Andrezinho.

— Então vamos juntos, que eu sigo o mesmo destino — disse o outro. E perguntou em seguida: — Como te chamas?

— André... E tu?

— Miguel...

Os dois moços caminharam lado a lado, ambos alegres, ora rindo, ora cantando, conversando, despreocupados dos prazeres da vida e das fadigas da jornada.

Era dia alto, quando pararam para almoçar à sombra de uma frondosa árvore, dividindo irmãmente o farnel que cada um trazia.

Pouco depois viram passar, a alguma distância do lugar em que se achavam, uma pobre velhinha, muito encarquilhada e trêmula, carregando um molho de lenha que havia catado na floresta. Curvada àquele peso, a custo caminhava a pobrezinha.

De súbito, a velha escorregou e caiu ao chão, soltando gritos e lamentações. Os dois companheiros correram prontamente em seu socorro, tentando levantá-la. Viram, porém, que a infeliz havia fraturado uma das pernas.

André propôs carregá-la até a casa, mas Miguel sossegou-o. Tirando do bolso uma pomada, esfregou o lugar fraturado, e a velhinha depressa ficou curada, como se nada houvesse sofrido.

Querendo pagar o relevante serviço que Miguel acabava de lhe prestar, a velha presenteou-o com três varinhas verdes que colhera, dizendo-lhe que eram preciosíssimas.

Sorriu André, vendo a insignificância do presente, mas Miguel guardou-as com o máximo cuidado, pois sabia que virtude continham e de que maneira se serviria delas.

Os dois amigos caminharam o dia inteiro, e quando a noite desceu, repousaram ao luar, sem cama, nem travesseiros, ao ar livre, mas assim mesmo satisfeitos. Rompeu a aurora. Pelo meio-dia, seguindo por extenso campo a perder de vista, sob um Sol causticante, os dois companheiros encontraram um soldado caído sem fala, exausto de forças, semimorto.

Miguel tirou do seu saco de viagem um vidrinho, abriu com uma faca os dentes cerrados do soldado e fê-lo engolir algumas gotas do líquido — uma água vermelha que o frasco continha. Imediatamente o militar voltou à vida; comeu um pedaço de pão e queijo, que lhe ofereceu André, e pôde marchar.

Querendo testemunhar ao generoso Miguel o seu reconhecimento, obrigou-o a aceitar a espada que trazia; e despediu-se deles.

À tarde jornadeavam ainda os rapazes, quando ouviram nos ares os sons deliciosos de uma doce música. Levantaram a cabeça e viram um grande cisne-branco, que cantava... cantava... enfraquecendo gradualmente a voz... voando cada vez menos... descendo... descendo até cair morto, junto aos dois companheiros de viagem.

Miguel, vendo-o morto, servindo-se da espada que lhe dera o soldado a quem socorrera, cortou-lhe as asas, dizendo para o seu camarada:

— Estas asas valem ouro, meu amigo. Vou levá-las.

E meteu-as no saco, em companhia das três varinhas da velha e do sabre do soldado.

* * *

Passados dois dias mais, chegaram finalmente a uma grande e populosa cidade, que souberam ser a capital do reino do Bogador.

Pernoitando numa hospedaria, informaram-se com o hoteleiro dos usos e costumes da terra.

Souberam que o rei Íris IV era excelente príncipe, dotado de bom coração, o que não sucedia, porém, com a princesa Lucília.

Essa moça, extraordinariamente formosa, causando pasmo a todas as pessoas que a viam, um só minuto que fosse, era cruel, perversa.

Querendo o rei casá-la, ele permitiu a todo mundo pretender-lhe a mão, quer fosse fidalgo ou plebeu, milionário ou mendigo, sob a condição de adivinhar, em três dias consecutivos, no que estaria ela pensando no momento de falar ao pretendente. Se a pessoa adivinhasse, desposá-la-ia, vindo a reinar por morte do pai; se não adivinhasse, morreria enforcado na praça pública.

Mais de dois mil rapazes, de todas as classes, de todas as partes do globo, haviam se sujeitado a tais condições, mas nem um só conseguiu adivinhar-lhe os três pensamentos.

E Lucília, bárbara impiedosa, sem coração, não tivera pena de um só, mandando enforcá-los todos.

Íris IV afligia-se com aquilo, mas nada podia fazer. O povo também sofria.

André ficou horrorizado, ouvindo a narração daquelas atrocidades; e amaldiçoava a princesa, opinando que devia ser açoitada, para castigo da sua maldade.

Ainda estava sob tão desagradável impressão, quando ouviu na rua grande rumor de gritos, exclamações, hurras e vivas. Correu para a janela. Era a princesa Lucília, que passava montada a cavalo, e o povo aplaudia, subjugado pela sua extrema beleza, todas as vezes que a avistava.

Mal a viu, André empalideceu. Era a visão, que tivera em sonhos, no dia da morte de seu pai. Ficou alucinado.

Esqueceu tudo quanto acabavam de lhe contar, para amá-la, amá-la doidamente, apaixonadamente.

Desde esse momento, tomou a resolução inabalável de se apresentar candidato à sua mão. Debalde o hoteleiro, que com ele logo simpatizara, lhe repetiu que a princesinha, por demais perversa, não tinha coração, espalhando-se mesmo a lenda de que era uma feiticeira, auxiliada pelo diabo. Debalde o seu companheiro de viagem tentou dissuadi-lo daquela terrível ideia.

André não os atendeu. Na manhã seguinte, vestiu-se o melhor que pôde, e encaminhou-se para o paço, pedindo uma audiência ao rei.

Assim que o soberano viu aquele moço, formoso, simpático, alegre, atraente, e soube que se apresentava como candidato à mão de sua filha, ficou desesperado. Contou-lhe com a máxima franqueza qual era o caráter da maldosa princesinha e mostrou-lhe, num dos jardins reais, esqueletos sem conta dos pretendentes.

Não conseguiu, porém, fazê-lo mudar de resolução.

Então o velho monarca mandou chamar Lucília e apresentou-lhe André, que ao vê-la mais apaixonado ficou.

Marcou-se o dia seguinte para a primeira prova da adivinhação.

* * *

Na cidade, a consternação era geral. Lastimavam a sorte do belo e amável estrangeiro, pois ninguém duvidava de que havia de ser fatalmente vítima da maldade de Lucília. Fizeram-se preces públicas. Fecharam-se os teatros; nem um só divertimento funcionou. Toda a gente trajava luto.

Ele era o único que se encontrava calmo, contando que Deus o auxiliaria no momento da adivinhação.

À noite deitou-se tranquilo, como costumava, depois de ter feito as suas orações, e não tardou em adormecer.

Miguel também deitou-se em outra cama, no mesmo quarto da estalagem, e fingiu que dormia. Assim, porém, que viu o companheiro ferrado no sono, levantou-se sorrateiramente. Abriu o seu saco de viagem, apanhou as duas asas do cisne que matara, e colocou-as nas espáduas, bem grudadas. Muniu-se de uma das três varinhas que lhe dera a velha da floresta e, tornando-se invisível, voou pelos ares, em direção ao palácio de sua majestade el-rei Íris IV, soberano de todo o vastíssimo país de Bogador e terras circunvizinhas.

Aí esperou algum tempo. Pouco depois, viu abrir-se uma das janelas dos aposentos da princesa e ela aparecer, voando com asas pretas, envolta num grande véu de filó alvíssimo.

Miguel, sempre invisível, voou acompanhando-a, mas a fustigá-la com a varinha, sem piedade.

Longa foi a viagem pelos ares, até que finalmente chegaram a uma gruta que havia no meio da mata. Morava aí o horrível feiticeiro Barraguzão, que era o padrinho de Lucília.

A moça, tendo entrado, contou-lhe o que se havia passado: a chegada do novo pretendente, a vinda dela pelos ares, sentindo, entretanto, que a açoitavam. Pediu-lhe conselho como responderia no outro dia, por ocasião da audiência.

O infame bruxo explicou-lhe que as pancadas que ela sentira eram da neve, caindo; e recomendou-lhe, no momento em que André se apresentasse para lhe adivinhar o pensamento, que pensasse numa coisa muito simples. E combinaram que seria nos sapatos dela.

Lucília despediu-se; e voltou, voando pelos espaços, sempre seguida de Miguel, que invisivelmente não cessou de chicoteá-la, até que chegasse ao palácio.

O misterioso companheiro deixou a moça entrar, voltou para a hospedaria; desgrudou as asas, que guardou cuidadosamente, e deitou-se, sem que Andrezinho houvesse dado por falta dele.

Este acordou cedo, e começou a vestir-se, sem se preocupar sequer com a sorte que lhe estaria reservada, se não adivinhasse o pensamento da princesa. Todo entregue à sua paixão, só pensava em Lucília, amando-a cada vez mais.

Quando ia saindo para o palácio, para se submeter à primeira prova, ainda não havia decidido como responder.

Então Miguel o chamou e lhe aconselhou:

— Olha, André, naturalmente a princesa, para te desnortear, há de pensar numa coisa muito simples. Assim, acho que te deves lembrar de um dos objetos de seu vestuário: os sapatos, por exemplo.

— Pois sim — respondeu ele. — Direi que é nos sapatos que ela está pensando.

No momento da audiência, perante a corte reunida em presença do rei e dos grandes dignitários do reino, André compareceu. Lucília lá estava, deslumbrante de beleza, mocidade e graça, sentada num trono de ouro e marfim.

— Então, em que estou pensando?

— Nos sapatos de vossa alteza? — respondeu o moço.

A princesa ficou desapontada, mas não teve remédio senão confessar que era verdade. Entretanto, não desanimou, recordando-se que ainda faltavam duas provas, não sendo provável que o pretendente se saísse tão bem em ambas.

* * *

André passou o dia inteiro satisfeitíssimo, e assim todo o povo. Já tinham alguma esperança de que o jovem estrangeiro pudesse adivinhar os outros dois pensamentos.

À noite, o rapaz deitou-se calmamente, confiando em Deus. Logo que o viu adormecido, Miguel levantou-se devagarinho, como fizera na véspera, apanhou outra vez as asas do cisne e a segunda das três varas que lhe dera a velhinha da floresta.

Repetiu-se ponto por ponto a cena da noite anterior. O misterioso companheiro de viagem, voando invisivelmente pelos espaços, acompanhou Lucília, fustigando-a sempre, até a caverna do horrível bruxo.

Aí, narrou Lucília o que se tinha passado, e Barraguzão, o feiticeiro, aconselhou-a que pensasse nas luvas.

Miguel, que tudo ouvira, ao despertar disse a André que havia sonhado toda a noite com a princesinha e as luvas, pois então aconselhava-o a que se referisse a elas, quando a princesa lhe perguntasse em que estava pensando.

O moço obedeceu, e Lucília quase morreu de dor, vendo-o adivinhar pela segunda vez o seu pensamento.

A população estava em delírio, sabendo que havia sido coroada de bom êxito a segunda prova. Fizeram-se deslumbrantes festas, para comemorar o acontecimento.

* * *

Na terceira noite, André dormiu calmo e sereno, como nas precedentes, e Miguel levantou-se sem barulho. Abriu o seu saco de viagem; grudou nas omoplatas as duas asas brancas do cisne; muniu-se da terceira e última varinha com que o brindara a velha da floresta; pôs à cinta a espada do soldado que socorrera; e descerrando a janela, voou em direção ao palácio real.

Pouco depois, do mesmo modo que nas noites anteriores, apareceu Lucília, e ambos — Miguel sempre invisível, açoitando-a sem cessar — voaram para a caverna do feiticeiro.

Longa foi a confabulação. A princesa estava desesperada, porque André já havia adivinhado duas vezes seguidas, e podia sair-se bem da terceira. O bruxo, porém, sossegou-a:

— Não! Ele tem acertado porque tens pensado em coisas simples. Amanhã pensarás em minha cabeça. O estrangeiro não me conhece, naturalmente não sabe sequer que existo, e assim perderá.

Lucília, muito satisfeita, aceitou o conselho, e partiu para o palácio.

Miguel deixou-a sair; e vendo-se só com Barraguzão, puxou da espada e, de um golpe, decepou-lhe a cabeça. Embrulhou-a num lençol, e voou para a estalagem.

À hora da audiência, André pediu-lhe conselho como deveria responder, vendo o bom êxito das duas primeiras vezes.

Então Miguel deu-lhe o embrulho, contendo a cabeça do feiticeiro, recomendando que só o abrisse no instante em que a princesa lhe perguntasse no que estava ela pensando.

O moço executou fielmente o que mandara o seu misterioso amigo.

Lucília, mal avistou a cabeça do bruxo, compreendeu tudo, mas não teve remédio senão receber o estrangeiro por esposo.

Celebraram-se imponentíssimos festejos para a realização do casamento. O povo inteiro exultou de alegria.

Entretanto, a formosa princesa, perversa como era, sem coração, não amava o noivo.

Foi ainda Miguel que o socorreu. Deu-lhe um frasquinho contendo um precioso líquido cor de ouro, recomendando-lhe que o misturasse no chá destinado a Lucília na noite do casamento.

A moça, ao bebê-lo, sentiu uma grande dor no peito, mas ao mesmo tempo olhou terna e amorosamente para o esposo.

Lucília amava pela primeira vez na vida, e continuou a amar. Estava quebrado o encanto.

No dia seguinte, Miguel apareceu ao companheiro e lhe disse:

— Eu sou a alma daquele morto a quem não consentiste que dois perversos atirassem ao campo para servir de pasto aos urubus. Com o único dinheiro que possuías, compraste a minha tranquilidade no túmulo. Porque foste bom, Deus te protegeu. Agora, minha missão está finda. Sê feliz!

Acabando de pronunciar tais palavras, transformou-se em luminosa nuvenzinha, e desapareceu nos ares.

O AVÔ E O NETINHO

Bastante velho já, fatigado de uma longa existência de trabalhos e canseiras, exausto de forças e doente de velhice — porque a velhice é também uma doença — estava tio Benedito, o bom e estimado velhote tio Benedito: oitenta anos pesavam-lhe às costas, como um grande fardo que ele a custo carregasse.

Na sua mocidade, e mesmo durante parte da velhice, ninguém trabalhava mais que ele, honesto sempre, mourejando, dia e noite, para sustento de sua família.

Não podendo fazer serviço algum, alquebrado pela idade, veio morar em casa de Augusto, seu filho mais moço, já com um filhinho de três para quatro anos, o pequenino e interessante Luís, vivo e esperto como poucos.

Velho e enfermo, qual estava, tio Benedito como que volvia à primeira infância; por isso eram precisos inúmeros cuidados com ele, que mal se sustinha sozinho, trêmulo, muito trêmulo, quase sem poder andar.

Quando se sentava à mesa, para o almoço e para o jantar, derramava a sopa na toalha, quebrava pratos e copos, com as mãos fracas, como uma criança arteira e estouvada.

Augusto e sua mulher, Henriqueta, aturavam-no com dificuldade, zangados, contrariados, aborrecidos principalmente com o prejuízo diário que o pai lhes dava.

Afinal, não podendo mais suportar o velho, resolveram comprar uma cuia; e às horas das refeições sentavam-no no chão, perto da mesa, dando-lhe a comida naquela tosca vasilha.

Quando Luisinho, o pequenino, viu que o avô não se sentava mais à mesa, ficou triste, mas não disse palavra. Estranhou aquilo porque a sua almazinha desabrochava fervorosamente para o bem; e se não manifestou a sua impressão, foi por supor que assim se fazia sempre com os velhinhos, que não se sentavam à mesa, nem comiam em pratos, como os outros.

O pequenino Luís era o único que verdadeiramente estimava o ancião, próximos entre si aquela primavera e aquele inverno, aquela criança e aquele velho, ambos na infância, ambos no crepúsculo da vida.

Dias depois, Augusto e Henriqueta viram o filhinho entretido a brincar com alguns pedaços de tábuas, um martelo e pregos, como não tinha por costume fazer.

A mãe, estranhando aquilo, perguntou:

— Que estás fazendo aí, Luisinho?

— Estou fazendo um prato, para dar de comer a papai e a mamãe, quando eu for grande, e eles já estiverem velhinhos como vovô — respondeu ingenuamente a criança.

Henriqueta e Augusto olharam-se confusos, vexados e arrependidos da sua ingratidão, e de novo trouxeram o pai para se sentar à mesa, em sua companhia.

Desde esse dia, trataram-no com o respeito, o desvelo e a consideração que os filhos devem aos pais.

O SOLDADO E O DIABO

Contam que, em outros tempos, há milhares de anos, quando nada existia do que hoje existe, viveu em certa cidade um rico fidalgo, o barão de Macário, tão poderoso e opulento quão orgulhoso e mau.

Uma tarde, achava-se ele no seu escritório contemplando avaramente a grande fortuna que acumulara roubando aos pobres, às viúvas e aos órfãos, emprestando dinheiro a juros elevados, quando, de súbito, se sentiu tocado de um raio de bondade, até então jamais experimentado pelo seu coração empedernido.

Lembrou-se de que já estava velho; e de que com aquela idade nunca fizera o menor benefício a pessoa alguma, sem ter dado jamais uma única esmola sequer. Arrependeu-se, então, do seu passado.

Nessa mesma tarde, Augusto, um infeliz sapateiro, seu vizinho, que vivia na maior pobreza, carregado de filhos, veio bater à sua porta, suplicando-lhe emprestasse cem ducados, para se ver livre de uma penhora, e poder comprar o material que precisava para os trabalhos da sua profissão.

— Em vez de cem ducados, dar-te-ei mil ducados, Augusto — disse o barão —, com a condição, porém, de que se eu morrer primeiro, você irá vigiar meu túmulo, nas três primeiras noites depois do meu enterro.

O sapateiro prometeu, acossado como estava pela necessidade, e o fidalgo deu-lhe os mil ducados.

Dois meses depois, o barão de Macário morreu, e Augusto, lembrando-se de sua promessa, como era bom homem de palavra, foi cumpri-la.

Duas noites passou ele em claro, no cemitério da cidade, cheio de medo, mas sem que ocorresse novidade alguma.

Na terceira e última, dirigia-se para ir velar junto ao túmulo, quando avistou um soldado encostado ao mausoléu.

— Eh! Camarada! — bradou. — Que fazes aí? Não tens medo de estar no cemitério?

— Eu não tenho medo de coisa alguma — respondeu o militar. — Vim para aqui, porque não tenho onde pousar esta noite.

Puseram-se ambos a conversar, enquanto o sapateiro contava ao soldado por que motivo ali se achava.

Passou-se o tempo, sem que eles o sentissem, quando o relógio da torre da igreja bateu compassadamente as doze badaladas fúnebres da hora terrível da meia-noite!...

Então, nesse momento, próximo deles surgiu de súbito, sem que soubessem de onde vinha, um homem vestido de vermelho, com os olhos chispando fogo, e cheirando fortemente a enxofre.

Era o Diabo, que lhes ordenou:

— Retirem-se daqui, rapazes. A alma desse homem, que foi um grande usurário na terra, pertence-me, e eu vim buscá-la.

CONTOS DA AVOZINHA

— Senhor vestido de vermelho — disse o soldado —, o senhor não é meu superior, nem mesmo um oficial. Não posso, pois, obedecer-lhe; e, assim, digo-lhe que se retire daqui, pois aqui chegamos primeiro.

O Diabo, vendo aquele militar destemido, não quis puxar barulho, e lembrou-se de comprá-lo, perguntando-lhe quanto queria para se ir embora.

— Aceito o negócio que me propõe, Sr. Satanás. Basta que me dê o dinheiro, em ouro, que uma das minhas botas puder conter.

O Diabo saiu, e foi pedir emprestado a um usurário seu amigo, que morava naquela mesma cidade.

Enquanto, não vinha, o soldado, puxando o rifle, cortou a sola da bota do pé direito, e colocou-a por cima de um túmulo aberto.

Quando Satanás chegou, vergado ao peso de um saco de ouro, esvaziou-o, peça por peça, dentro da bota. O dinheiro caía todo na sepultura.

— Olé — disse o capataz do Inferno. — Esta tua bota parece-me mágica!

— Vá buscar mais!... — mandou o soldado.

Mais de dez sacos foram assim trazidos pelo Diabo. As moedas escorregavam pelo cano da bota e iam cair no túmulo, de modo que a bota jamais se enchia. Satanás, desesperado, ia trazendo saco por saco, cheio de moedas de ouro, eis que amanheceu de repente. O galo cantou; o sol rompeu; e o sino da igreja bateu alegremente, chamando para a missa.

Satanás deu um berro e desapareceu...

Estava salva a alma do barão de Macário...

O soldado e o sapateiro Augusto repartiram entre si a grande fortuna que o Diabo deixara na cova; e foram viver ricos e felizes, empregando uma boa parte do dinheiro em dar esmolas aos pobres.

O VIOLINO MÁGICO

Dario era um mocinho alegre e esperto, estimado por todos os que o conheciam. Um dia, despedindo-se de sua família e de seus amigos, saiu de casa, para ganhar honradamente a vida. Ele era o mais velho dos cinco filhos que tinha o tio Pedro; e como a miséria lhes batia à porta, forçoso foi que o moço saísse para não sobrecarregar o pai em prejuízo dos irmãos menores, e também para ver se melhorava de sorte.

Ao despedir-se, o pai lhe dera por toda a fortuna uma moeda de prata; e ele julgou-se rico, porque não conhecia o valor do dinheiro.

Caminhava alegremente pela estrada que conduzia à cidade, quando encontrou um velhinho abrigado à sombra de uma árvore, gemendo e chorando.

Dotado de excelente coração, Dario tratou desveladamente do enfermo, e deu-lhe a sua única moeda de prata.

O velhinho, agradecido, disse:

— Já que foste tão caridoso, vou fazer-te um presente. Aqui tens este violino. Todas as vezes que o tocares, quem o ouvir não poderá resistir ao desejo de dançar.

Dario saiu satisfeito com o presente, e pouco adiante encontrou com um homem avarento, que espoliava todo mundo, emprestando dinheiro a altos juros, em troca de bons e valiosos penhores de prata, ouro e pedras preciosas, que nunca mais entregava aos respectivos donos. Naquele mesmo instante o avarento acabava de perder um vintém, e procurava-o aflitamente, como se se tratasse de imensa fortuna.

O moço ofereceu-se para ajudá-lo; e, como tinha boa vista, enxergou a moeda de cobre caída no meio dos espinhos. Ia apanhá-la, mas o avarento não o consentiu, pensando que Dario fosse capaz de roubá-la.

Ah, avarento! — disse Dario consigo mesmo. — Desconfiar de mim! Deixa estar que me pagarás...

Esperou sentado e, assim, que viu o miserável dentro dos espinhos, começou a tocar o violino.

O avarento, escutando aqueles harmoniosos sons, começou a dançar; e quanto mais Dario tocava, tanto mais ele saltava, quase sem fôlego, rasgando a roupa, ferindo-se nos espinhos.

— Para... Para!... Cessa esse violino do diabo! Para, que já não posso mais — berrava o avarento, desesperado, sempre a dançar.

O rapaz, porém, continuava sempre a vibrá-lo.

— Pelo amor de Deus, para com essa música, que te darei uma bolsa de ouro!... — disse, enfim, o avarento.

— Ah! Isso, outro falar! — respondeu o mocinho, emudecendo o mágico violino, depois que o avarento atirou a bolsa.

No dia seguinte, chegando à cidade, Dario foi preso. O avarento tinha ido queixar-se de que havia sido roubado por ele.

O moço foi condenado à morte.

No momento em que subia para a forca, pediu que lhe permitissem tocar pela última vez o violino.

O avarento, que estava ao pé do cadafalso, gritou logo:

— Não o deixem tocar mais!... Não o deixem tocar...

O juiz, porém, que não via razões para recusar, acedeu.

Dario começou a tocar o violino, e imediatamente todos — juiz, carrasco, soldados, homens, mulheres, velhos e crianças — todos começaram a dançar.

— Basta! — gritava o juiz.

— Basta! — gritava o povo.

Dario cessou a música. O juiz convenceu-se de que o rapaz não era criminoso, perdoou, e mandou enforcar o avarento.

O MIUDINHO

Em companhia de vários fidalgos, d. Bias, poderoso príncipe, herdeiro do importante reino de Avalão, foi uma vez à caça, embrenhando-se numa imensa e intrincada floresta, que havia às portas da cidade. Não conhecendo o caminho, sua alteza, tendo-se afastado de sua comitiva, perdeu-se no mato, e não houve meio de poder dali sair.

Depois de andar léguas e léguas, chegou, extenuado, a uma caverna aberta numa grande montanha. Residia aí uma família de gigantes, composta de pai, mãe e filha.

O gigante, que se chamava Ragarrão, estava fazendo lenha para o jantar. Arrancava facilmente com a mão velhas árvores, que nem vinte juntas de bois poderiam sequer balançar.

Ragarrão, avistando o príncipe, que lhe pareceu um anãozinho, comparado com ele, por lhe não chegar nem até aos joelhos, exclamou:

— Oh! Que homem tão miudinho! Que queres aqui, anão?

O príncipe contou-lhe a sua história, e Ragarrão disse:

— Bem, visto isso, ficarás aqui, como meu criado. — E ficou chamando d. Bias de Miudinho.

Passado algum tempo, a filha do gigante, Clandira, apaixonou-se por d. Bias e d. Bias por ela.

Ragarrão, desconfiando da coisa, chamou o príncipe, e disse-lhe:

— Contaram-me que tu te gabavas de ser capaz de edificar, em uma só noite, um palácio para mim e minha filha. Se tal não fizeres, amanhã, pela manhã, matar-te-ei.

O príncipe ficou desesperado; e chorava amargamente, quando apareceu Clandira, que lhe falou:

— Não te desesperes, meu querido príncipe. Amanhã, pela manhã, o palácio estará feito.

Assim foi porque Clandira era encantada.

Quando Ragarrão viu aquela obra, não pôs dúvida de que houvesse sido feita pela filha, e disse à mulher:

— Amanhã matarei Miudinho, antes que ele queira casar com minha filha.

Clandira ouviu a conversa. Foi ao quarto de Miudinho, fê-lo levantar-se; e, roubando da estrebaria um cavalo que, de cada passada, caminhava sete léguas, fugiu com ele.

Pela manhã, Ragarrão, dando por falta de Miudinho e da filha, calçou as botas de sete léguas que haviam pertencido ao célebre Pequeno Polegar e saiu atrás dos fugitivos.

Quando os ia alcançando, Clandira transformou-se num regato; Miudinho, num preto-velho; o cavalo, numa árvore; o selim, em laranjas; e a espingarda que levavam, num beija-flor.

Ragarrão, chegando perto, perguntou ao negro:

— Você viu passar por aqui um moço e uma moça, montados a cavalo?

O africano riu-se estupidamente, e fez um gesto dando a entender que era surdo.

Ao mesmo tempo, o beija-flor voou em direção ao gigante, e quis furar-lhe os olhos.

Ragarrão, aborrecido, voltou para casa, e narrou à mulher o que lhe havia sucedido.

— Palerma! — bradou ela. — Pois não sabes que o negro velho era Miudinho; o regato, nossa filha; a árvore e as laranjas, o cavalo e o selim; e o beija-flor, a espingarda? Volta de novo e agarra-os.

Nisso, entretanto, os fugitivos desencantaram-se, e partiram a todo galope.

Ragarrão, porém, saiu-lhes outra vez ao encalço; e ia encontrá-los, quando se transformaram: a moça, numa igreja; Miudinho, em padre; o cavalo e o selim, no sino e no badalo; e a espingarda, no missal.

O gigante entrou na igreja e interrogou o cura:

— Vossa Reverendíssima não viu passar por aqui um moço e uma moça montados a cavalo?

O padre, que estava dizendo missa, não respondeu, e começou a rezar.

Ao cabo de muito tempo, Ragarrão aborreceu-se, e retrocedeu.

— Oh! Tolo! — disse a mulher, quando viu o que de novo lhe sucedera. — Volta para trás. O padre é Miudinho; a igreja, Clandira; o sino e o badalo, o cavalo e o selim; e o missal, a espingarda.

O gigante voltou furioso, fazendo vinte léguas por segundo. Avistou finalmente os fugitivos; mas quando ia pegá-los, Clandira atirou para trás um punhado de cinza.

Formou-se uma neblina densa, que Ragarrão não pôde atravessar.

Voltou para casa, e desistiu da ideia de os agarrar.

O príncipe d. Bias chegou, então, ao seu reino, e casou-se com Clandira, que se desencantou, deixando de ser da raça dos gigantes, para vir a ser uma moça lindíssima.

O SARGENTO VERDE

Formosa, elegante, bem prendada, era Carolina, filha de um importante capitalista, que vivia na cidade do Ouro.

Um dia, apresentou-se no palacete paterno um moço muito bem-apessoado, que vinha pedi-la em casamento.

A moça, para satisfação dos pais, o aceitou.

Marcaram o dia das núpcias.

À noite, quando os convidados dançavam e folgavam, N. S. da Conceição, que era a madrinha de Carolina, apareceu-lhe e disse-lhe:

— Minha filha, fica sabendo que te casaste com o diabo, metido na figura desse bonito moço. Não faz mal, porém. Logo mais, ele há de te levar para casa. Deves, então, dizer a teu pai que queres ir montada no cavalo mais magro e mais feio que aqui houver. Quando chegares à encruzilhada do caminho, teu marido há de tomar à direita; tu tomarás à esquerda, mostrando-lhe o teu rosário. Verás, então, o que acontecerá. Perto da meia-noite, o marido manifestou desejos de se retirar, mandando selar os cavalos. Para Carolina, veio um esplêndido alazão, muito gordo e lustroso. A moça, porém, recusou-o, declarando que só montaria no animal mais feio, magro e lazarento que houvesse na estrebaria.

O pai admirou-se muito daquele pedido, mas acedeu aos desejos da filha.

Os noivos cavalgaram e partiram.

Chegando ao lugar em que a estrada fazia uma cruz, o diabo quis que a moça tomasse à direita, e fosse adiante.

— Não, vá você na frente, que sabe o caminho de sua casa. Eu nunca fui lá — respondeu Carolina, sem mais demora.

Tomou à esquerda, e mostrou-lhe o rosário.

Ouviu-se, então, o grande berro que o diabo soltou. A terra abriu-se. Sentiu-se forte cheiro de enxofre, e o demônio sumiu-se para as profundezas do inferno.

Carolina disparou o cavalo até chegar muito longe. Aí, cortou os cabelos e vestiu uma roupa de homem — calça, colete e paletó, feitos de uma fazenda verde, completamente verde.

Continuou a viagem e chegou à capital do reino, onde foi servir no exército. Sendo promovida, pouco depois, ao posto de sargento, ficou conhecida por Sargento Verde.

O rei, ao ver aquele formoso sargento das suas guardas, tomou-lhe grande amizade e destacou-o para sua ordenança particular, querendo-o sempre em sua companhia.

A rainha apaixonou-se por ele e tentou seduzi-lo, chegando mesmo a propor-lhe casamento, porque naquele país toda a gente podia casar-se quantas vezes quisesse. No entanto, o Sargento Verde recusou trair o seu soberano.

Em vista disso, a rainha foi ao marido e disse-lhe:

— Saiba vossa majestade que o Sargento Verde declarou ser capaz de subir e descer as escadas do palácio, montado no seu cavalo, a toda a brida, dançando e atirando ao ar três ovos, e aparando-os, sem que nenhum deles caia e se quebre.

O rei mandou chamá-lo e perguntou se era verdade aquilo.

— Eu não disse tal coisa, real senhor; mas como a rainha, minha senhora, o afirmou, vou tentar fazê-lo.

O Sargento Verde saiu dali muito triste, e sentou-se à porta da casinha, que lhe haviam dado para morar, quando seu cavalo o sossegou, dizendo:

— Não tenha medo. No dia marcado, faça o que tem de fazer.

Assim sucedeu; e a rainha ficou desesperada, vendo-o executar fielmente o que ela havia inventado.

* * *

Algum tempo depois, ela tentou novamente seduzi-lo; mas, como da primeira vez, ele não quis atraiçoar o rei.

— Saiba vossa majestade que o Sargento Verde disse ser capaz de plantar uma laranjeira pequenina, à hora do almoço, e que, à hora do jantar, já estará carregada de laranjas.

O rei chamou-o e mandou fazer aquele milagre; e tendo o sargento consultado o seu cavalo, conseguiu executá-lo, com grande mágoa da rainha, que queria vê-lo enforcado.

Mas a perversa criatura nem por isso cessou de persegui-lo; e, pela terceira vez, dirigiu-se ao rei:

— Saiba vossa majestade que o Sargento Verde declarou ser capaz de ir ao fundo do mar e tirar a princesa que ali está encantada.

Carolina, dessa vez, quase morreu de desânimo, julgando impossível sair-se bem daquela dificílima empresa.

O cavalo, porém, acalmou-a, aconselhando:

— Muna-se a senhora de um garrafão de azeite, um punhado de cinza e um agulheiro. Monte em mim; chegue à praia e, com a espada, corte as ondas em cruz, que as águas hão de se abrir. Siga pelo mar adentro; chegará à caverna, onde jaz a princesa encantada. Aí encontrará um dragão marinho, que guarda a moça. Roube-a, coloque na garupa e corra a todo galope. O monstro há de persegui-la. Assim que estiver quase a nos pegar, derrame primeiro o azeite; depois a cinza; e por último, o agulheiro.

Carolina procedeu como lhe ensinara o cavalo. Entrou no mar, raptou a princesa e partiu a todo galope.

O dragão marinho perseguiu-a. Quando ia quase pegando Carolina, ela derramou o garrafão de azeite; formou-se uma grande lagoa, onde o dragão se meteu, quase se afundando.

Ia novamente alcançá-los. Carolina despejou a cinza. Formou-se um nevoeiro espesso atrás dela, como se fosse uma montanha.

O monstro, depois de inúmeras dificuldades, passou e voou.

Ia quase pega não pega o Sargento Verde, quando este espalhou o agulheiro.

Apareceu uma cerca de espinhos, que entraram no corpo do dragão marinho, matando-o logo.

Chegando ao palácio, o Sargento Verde contou a sua história, e voltou a ser a formosa Carolina.

O cavalo, que era um príncipe, desencantou-se e casou com ela.

A rainha foi condenada à morte, para castigo das suas perversas mentiras.

O PATINHO ALEIJADO

Gansos, patos, marrecos e outras aves da mesma espécie residiam em vasto cercado que o dono da casa lhes dera por domínio. Viviam bem, satisfeitos da vida, contentes com a sorte porque nesse cercado havia uma pequena lagoa, onde, durante o dia, iam se banhar, catando com o bico bichinhos que apareciam à beira do lago, ou comendo peixinhos que podiam apanhar, quando nadavam.

Em certas épocas do ano, aves de países distantes vinham de passagem por aquelas regiões e estacionavam na lagoa, para descansar das grandes fadigas que traziam, voltando de um para outro lugar.

Era lindo ver-se, então, aquela porção de aves aquáticas, nadando pela lagoa soltando gritos de contentamento.

Ora, uma vez, estava uma velha pata chocando alguns ovos que pusera, deitada num ninho de folhas.

E andava muito intrigada, meio desapontada, por causa de um ovo, um só ovo, enorme, colossal, estranho, que, sem ela saber como, viera parar no meio dos outros.

Supunha ser de alguma das aves que por ali passavam e que, inconscientemente, o tivesse posto em seu ninho, assim que ela começara a postura.

Estava a velha pata no choco, havia já quase quatro semanas, e só faltavam quatro dias para os patinhos saírem dos ovos, o que ela esperava com paciência, quando um belo dia, apareceu picado o primeiro ovo.

Foi uma alegria em todo o bando, e as comadres vieram dar-lhe os parabéns.

Ela, satisfeita, agradecia as visitas, dizendo que, dentro de dois dias, tencionava levar os patinhos à lagoa, para aprenderem a nadar.

Dias depois, saiu finalmente o último patinho. Só faltava o ovo grande, que, no entanto, nem sinal dava de estar picado.

As outras aconselhavam a velha pata que abandonasse o intruso. Aquele ovo, evidentemente muito diverso dos outros, enorme, não era dela; e assim cometia uma tolice vivendo em cima dele, a chocá-lo. Patas houve que asseveraram poder até ser de um bicho um ovo tão grande; e que esse bicho, crescendo, poderia comer todos os patos do bando.

Mas a pata não ouvia tais conselhos. Disse que queria ver que ave sairia dali; que aquilo era ovo de ave, se estava vendo; e que enquanto não saísse, ela não abandonaria o ninho.

Sete dias depois de sair o último patinho, a velha pata viu o ovo grande picado, e apareceu um bicho, parecido com pato, verdade, mas todo torto, escuro e aleijado.

Depressa a pata se arrependeu de ter chocado um bicho tão feio. Mas, como era boa, e não querendo dar o braço a torcer, mostrando-se aborrecida de ter na sua ninhada um pato desgracioso, repugnante, nada falou às comadres.

Na manhã seguinte, bem cedo, disse para os filhos:

— Vamos, meus patinhos, hoje é o dia de sairmos do ninho; quero levá-los à lagoa e apresentá-los às suas tias e a seu pai, o pato velho.

Quando a pata apareceu, foi uma festa geral, e houve uma enorme alegria no bando. Todos a felicitaram elogiando os patinhos.

Uma pata, porém, mais indiscreta, reparou no patinho aleijado, e disse para as companheiras:

— Onde teria ela arranjado aquilo?

Desde então, não cessaram caçoadas, remoques, debiques, vaias dadas por todo o plumitivo bando, na mãe e no filho. E a coisa chegou a tal ponto que a pata, aborrecida, desgostosa, começou a odiar o aleijado.

No entanto, o infeliz palmípede vivia modestamente, sem fazer mal a ninguém, sabendo nadar melhor que todos, mas sempre repelido.

O tortinho não podia viver naquele bando, tantas eram as beliscadas que lhe davam, tal era o inferno em que vivia.

Assim, resolveu fugir; e um belo dia, nadando pela lagoa afora, distraiu-se, a ponto de quando chegou a noite, já estar do outro lado, à margem de um juncal muito grande.

Aí chegando, procurou um lugar onde passar a noite, e dormiu até pela manhã.

No outro dia achou que o local era bom, e viveu aí, satisfeito, sem ter mais quem o ferisse. Uma vez, estando a banhar-se na lagoa, viu dois pássaros voando muito alto, tão alto, que quase encostavam nas nuvens. O aleijadinho, ao vê-los, sentiu uma coisa dentro de si e soltou um grito estrídulo, tão forte, que se admirou de ter realizado um feito tão sublime, como aquele som altíssimo que dera.

Passou o resto do dia triste, pensando naquelas duas aves, que haviam passado tão perto do céu, voando tão serenas. Pediu a Deus que lhe desse também forças para fazer o mesmo que aquelas lindas aves.

E a sua existência deslizava-se tristíssima, sem prazeres de espécie alguma, solitária, enfadonha, aborrecida, monótona, quando, uma madrugada, cedo, o silêncio do juncal foi quebrado por inúmeros latidos de cães e tiros de espingardas. Eram caçadores que tinham vindo em busca de aves aquáticas.

Assim que o patinho viu aquela porção de gente a matar pássaros, e cachorros perseguindo diversas aves, escondeu-se muito triste em uma capoeira. Fechou os olhos e esperou a morte.

Os caçadores levaram todo o dia a atirar; e à noite, depois que se retiraram, o patinho fugiu daquela lagoa, pensando que no dia seguinte podiam voltar e talvez ele não escapulisse.

Foi andando pelo mato, até que encontrou uma casinha, onde morava uma velha, em companhia de um gato e de uma galinha.

A velhinha, ao ver o novo hóspede, começou a tratá-lo muito bem, imaginando que era uma pata, a qual, do mesmo modo que a galinha, lhe daria ovos, frescos e excelentes, para o seu sustento.

O patinho vivia contente pelo bom trato que recebia da velha, apesar da má vontade que lhe mostravam o gato e a galinha.

Passados dois meses, a velha viu que o pato era macho, e por isso perdeu a esperança dos ovos.

Começou, então, a maltratar o bichinho, que, vendo-se perseguido pelos dois companheiros, o gato e a galinha, começou a maldizer de sua sorte.

Dizia o gato:

— Sabes caçar ratos? Se não sabes, vai-te embora, pois, não tens serventia.

E o patinho, vendo-se assim injuriado diariamente, uma bela manhã, desapareceu da casa da velha.

Pensando na sua vida amargurada, seguiu caminho em fora, quando viu de novo dois pássaros que voavam muito longe, bem alto.

Reconheceu naquelas aves as mesmas que, uma vez, haviam passado por ele, na lagoa, e soltou segundo grito.

Ficou admirado de tê-lo dado tão alto, e quase morreu de contentamento quando viu os dois pássaros responderem ao seu chamado. Eles voavam, porém, muito alto, e não mais responderam.

O patinho foi muito triste, andando sempre, até que parou no lagozinho de um jardim de casa rica.

O pobrezinho, desde que saíra da lagoa, com medo dos caçadores, nunca mais vira água onde pudesse se banhar.

Entrou n'água e começou a dar gritinhos de contentamento.

Nisso apareceram dois grandes patos brancos, tão brancos como a neve, nadando em direção a ele com as asas levantadas, fazendo de velas.

O patinho aleijado, vendo dois patos tão bonitos dirigindo-se para ele, envergonhou-se e abaixou o pescoço, para se esconder.

Nisso viu que a sua imagem reproduzida n'água era semelhante à dos patos brancos.

Uma criança, que ouvira os gritos do patinho, ao entrar no tanque, veio ver que pássaro assim gritava, e exclamou:

— Que lindo cisne! Meu pai, venha ver. É mais bonito que os nossos, que existem no lago; como é formoso!

E pôs-se a dar-lhe migalhas de pão.

O patinho aleijado, que ouviu chamarem-no de cisne, e de bonito, ficou maravilhado de tanta felicidade, e começou a nadar garbosamente, à semelhança dos outros, com as asas levantadas, parecendo as velas enfunadas de uma embarcação.

***

Mais tarde explicou-se o caso.

O ex-patinho devia ser filho de algum cisne, que passando por acaso pela morada dos patos, pusera um ovo no ninho da velha pata.

O aleijado, agora transformado em magnífico, lindo cisne, ainda viveu muito feliz em companhia de seus dois irmãos, os cisnes do lago.

O BESOURO DE OURO

Hostiaf VI era rei de um vasto país e um dos soberanos mais opulentos e poderosos da terra. Apesar disso, era um monarca tão bom, tão magnânimo, tão justiceiro, que mais parecia um pai que um rei.

Hostiaf tinha um filho, Julião, que era tão bom quanto ele.

Um dia, o rei, estando a caçar, animado e satisfeito, embrenhou-se em um espinheiro, a fim de apanhar um passarinho que havia matado. Os espinhos, porém, eram tantos, que o pobre rei neles se espetou, e cegou de ambos os olhos.

O rei e o príncipe voltaram para a casa muito tristes pela infelicidade que acabava de suceder; o povo, que amava o seu soberano, ao saber da desgraça, cobriu-se de luto. Em todas as igrejas, capelas e oratórios particulares, fizeram-se muitas promessas para ver se o bom rei recobrava a vista.

***

Um dia, o príncipe Julião saiu de casa, dizendo ao pai que ia buscar remédio a fim de lhe curar a cegueira.

Saindo da cidade, penetrou em uma floresta muito grande; e, sentindo-se bastante cansado, sentou-se numa pedra e chorou.

Nisso, um besouro de ouro começou a voar ao redor dele e perguntou-lhe:

— Príncipe Julião, por que choras? Acaso aconteceu-te alguma desgraça?

— Choro — disse o príncipe — porque meu pai está cego. Procuro um remédio para a sua cegueira, mas ainda não o achei. Tenho sido tão bom e agora sou ferido no que tenho de mais querido neste mundo. Que devo fazer?

— Continua a ser bom, que alguém te há de proteger — respondeu o lindo inseto.

Julião levantou-se de onde estava sentado e encaminhou-se para uma cidade que existia no fim da floresta. Aí chegando, viu alguns homens dando com um pau em um cadáver.

Indagando o que queria dizer aquilo, responderam que aquele homem estava apanhando, depois de morto, porque tinha deixado dívidas, e os costumes da terra era se proceder assim com os caloteiros.

CONTOS DA AVOZINHA

O jovem teve pena do morto, pagou-lhe as dívidas, e mandou enterrá-lo. Quando os homens se retiraram, o príncipe ouviu um zumbido perto dele e viu o besouro de ouro, que lhe disse:

— Estou te acompanhando desde que saíste do palácio. Sabia que eras bom, e agora certifiquei-me mais com a ação que acabaste de praticar, mandando enterrar esse pobre homem. Em paga disso, vou ensinar o remédio que há de curar a cegueira de el-rei teu pai. Vai ao Reino dos Papagaios. Entra lá à meia-noite, despreza os papagaios bonitos, procura o mais feio e velho, que está numa gaiola de pau, e traze-o. Depois, tira-lhe o sangue e molha com ele os olhos do teu pai, que recobrará a vista.

* * *

O príncipe tanto andou, que chegou ao Reino dos Papagaios. Assim que bateu meia-noite, entrou. Ficou deslumbrado com o que viu: ricas gaiolas de ouro, de brilhantes e de pedrarias, que ofuscavam a vista; papagaios de todas as cores, cada qual mais lindo.

Apanhou o papagaio, com a gaiola que lhe pareceu mais bonita, deixando a um canto um papagaio velho e triste, em uma gaiola já podre, toda enferrujada.

Quando o rapaz ia saindo, o papagaio deu um grito. Os guardas acordaram, perseguiram-no e prenderam-no.

O jovem foi conduzido à presença do Rei dos Papagaios, que perguntou o que queria ele com aquela ave apanhada em seu reino.

O pobre moço contou a história de seu pai; e o rei, condoendo-se dele, disse que lhe daria o papagaio, se trouxesse uma espada do Reino das Espadas.

O jovem aceitou a proposta. Ia muito triste, quando chegando mais adiante encontrou o mesmo besouro, que lhe disse:

— Por que estás tão triste, príncipe Julião?

O moço contou o que lhe havia sucedido no Reino dos Papagaios.

— Eu não disse! Foste apanhar o papagaio bonito, e deixaste o velho e feio! Aconteceu-te essa desgraça, mas ainda há um remédio: vai ao Reino das Espadas. Aí verás muitas — ricas, lindas e ofuscantes. Não te importes com essas; apanha a mais feia, mais velha e mais enferrujada, que lá existe a um canto.

O moço seguiu em demanda do Reino das Espadas.

Assim que aí chegou, ficou maravilhado; viu espadas de ouro, de prata e de brilhante. Sem considerar no que fazia, apanhou a mais bonita, não se lembrando da recomendação do besouro. Ia saindo, quando a espada deu um estalão, tão forte, que os guardas acordaram e prenderam-no, levando-o à presença do Rei das Espadas.

Julião contou a história de seu pai; e o rei, tendo pena dele, prometeu dar-lhe a espada, se ele trouxesse um cavalo do Reino dos Cavalos.

27

FIGUEIREDO PIMENTEL

Saiu dali o príncipe, arrependido de não ter seguido por duas vezes os conselhos do besouro, quando este apareceu mais uma vez:

— Príncipe Julião, já sei por que vais tão triste. Não quiseste, ainda desta vez, ouvir meus conselhos. Vai ao Reino dos Cavalos, e traze de lá o mais feio, mais velho, mais magro. Não te importes com os bonitos, gordos e bem arreados. Procura o que está a um canto, muito magro.

Quando o príncipe entrou, à meia-noite, no Reino dos Cavalos, pasmou, vendo os mais lindos cavalos de puro-sangue que existiam em todo o mundo. E disse consigo mesmo:

— Ora! Pois eu mesmo hei de levar aquele cavalo, tão magro, que nem me aguentará na viagem! Antes este aqui, que é forte!

E trouxe o mais bonito de todos — um cavalo todo preto, de crinas e cauda de ouro, com arreios de brilhante.

Ainda bem Julião não tinha saído, quando o cavalo relinchou, tão alto, que todos os soldados se levantaram e o prenderam.

O jovem dessa vez julgou-se perdido, porque os soldados disseram que ele ia morrer.

Pediu, então, para ir à presença do Rei dos Cavalos, a quem contou a sua triste história.

O rei, penalizado, disse que lhe daria o cavalo se fosse furtar a filha do rei vizinho.

O moço aceitou a proposta, mas pediu que lhe dessem um bom cavalo, para poder sair-se bem de uma empresa tão perigosa. Deram-lhe um animal muito bom, que andava tanto como o vento.

No meio da estrada, encontrou-se ele outra vez com o besouro, que lhe disse:

— Por que estás tão triste, príncipe?

O príncipe contou tudo quanto lhe acontecera no Reino dos Cavalos.

Não podendo mais conter-se, o besouro falou:

— Príncipe Julião, eu sou a alma daquele homem a quem mandaste enterrar, e cujas dívidas pagaste. Ando protegendo-te, desde que saíste do palácio de teu pai. Não tens querido seguir meus conselhos. Ouve, porém, o que te vou dizer, porque esta é a última vez que te apareço. Monta neste cavalo; entra à meia-noite no palácio do rei vizinho; põe a filha na garupa; larga rédea ao teu cavalo e foge depressa. O teu cavalo anda como o vento, e por isso não há receio de te apanharem; mas toma cuidado de não olhares para trás. Passa pelo Reino dos Cavalos, para te darem o teu. Segue diretamente para casa, e não dês ouvidos a ninguém. Anda sempre pelo caminho real; não procures atalhos. Vai depressa, que teu pai está agonizando.

O príncipe fez tudo quanto lhe disse o besouro encantado.

* * *

28

Antes, porém, de chegar em terras do Reino, encontrou-se com os irmãos, que vinham buscar notícias suas.

Quando o viram com uma princesa tão bonita e objetos tão ricos, começaram a aconselhá-lo que devia passar por um atalho do caminho, porque, além de ser mais perto, evitaria dessa maneira os ladrões, que andavam em bandos pela estrada.

Julião acreditou neles; e, tendo saltado do animal, para beber água em uma fonte, os dois o jogaram para o fundo de uma caverna.

Depois, os perversos apanharam tudo quanto pertencia a Julião, e marcharam em direção ao palácio de seu pai.

Supondo-o morto, entraram com toda a riqueza do príncipe. A moça, porém, ficou muda; o papagaio triste, com a cabeça debaixo da asa; a espada começou a amarelar; e o cavalo emagreceu cada vez mais.

Estando o príncipe quase para morrer, na caverna, apareceu-lhe o besouro, que, ainda dessa vez, o livrou da morte, tirando-o dali.

Voltou para casa, e mal pôs os pés na escadaria, a moça começou a falar; o papagaio voou para o seu ombro; o cavalo soltou um relincho muito forte, e principiou a engordar; e a espada luzia que nem um brilhante.

Ao entrar, tirou um bocado de sangue do papagaio, e o pôs sobre os olhos do seu velho pai, que recobrou logo a vista.

* * *

Os irmãos, amedrontados com o aparecimento do mais moço, a quem julgavam morto, atiraram-se do alto da torre do palácio, à calçada, morrendo no mesmo instante. O príncipe Julião casou-se com a formosa princesa que trouxera; e, mais tarde, por morte de seu pai, veio a reinar, sempre querido e abençoado pelo seu povo.

O MOÇO PELADO

Inácio Peroba era um infeliz pescador, homem muito caridoso, honrado e de excelente coração. Tendo se casado cedo, sua mulher mimoseou-o com muitos filhos. Além deles, tinha que alimentar alguns sobrinhos órfãos, sua velha mãe e seu sogro. Por isso, a pesca, de que sempre vivera, até então, já lhe não bastava para sustentar tão numerosa família, e ele vivia desesperado.

Um dia, foi pescar, como costumava. Debalde lançou as redes ao mar, repetidas vezes, durante todo o dia: nem um só peixe, por mais pequenino que fosse, conseguiu apanhar. Ao anoitecer, regressava tristemente para casa, quando, a poucas braças da casa, viu um robalo deitar a cabeça fora d'água. E foi com espanto que o pobre homem viu o peixe dizer:

FIGUEIREDO PIMENTEL

— Início Peroba, se prometeres trazer-me o que encontrares quando chegares a casa, lança as redes n'água...

Peroba prometeu, lembrando-se de que, assim que chegava de volta da pesca, a primeira coisa que lhe aparecia era a sua cadelinha Mimosa... Atirou as redes e recolheu tanto peixe, tanto, que encheu a embarcação.

Chegando a casa, a primeira coisa que viu foi um filhinho, que nascera em sua ausência.

O pescador ficou triste; mas, como era homem de honra, cumpriu fielmente a sua palavra. Dizendo à mulher que ia dar a criança a criar, levou-a à praia e jogou-a ao mar.

A criança não morreu. Mal as águas se tinham aberto, apareceu uma grande concha, puxada por peixes, que a ampararam, levando-a para o palácio do rei.

* * *

O menino cresceu. Haviam-no batizado com o nome de Remi.

Quando tinha cerca de vinte anos, o rei chamou-o e disse-lhe:

— Vou fazer uma viagem de quinze dias. Fica com as chaves do palácio, mas não abras porta alguma, senão matar-te-ei quando chegar.

O rapaz não pôde conter-se. Assim que o Soberano dos Peixes partiu, abriu a porta de um quarto. Dentro havia três grandes caldeirões — um com ouro fervendo, outro com prata e o terceiro com cobre. Abriu novo quarto e viu três cavalos muito gordos — um preto, um ruço-queimado e um alazão, comendo carne fresca, em vez de capim. Abriu o terceiro, onde se achava um grande e gordo leão, que, ao contrário dos cavalos, tinha capim para comer e não carne. Por último, abriu o quarto aposento. Viu uma bonita mesa de escritório, com as gavetas cheias de papelinhos brancos e verdes, dobrados, e armas de toda espécie.

O rapazinho, como era arteiro, quis trocar a comida dos animais, dando capim aos cavalos e carne ao leão, mas o alazão falou:

— Não faças isso. Teu padrinho te matará, quando chegar. Agora, se quiseres sair daqui, vai ao quarto onde está a mesa; tira dois papéis — um azul e outro branco; veste-te com a melhor roupa que encontrares; pega numa boa espada; monta num de nós, e leva o outro pela rédea, sai do palácio, mergulhando primeiro a cabeça no caldeirão de ouro. Teu padrinho, ao regressar, há de ir ao teu encalço. Assim que estiver quase a pegar-te, larga um dos papéis; mais tarde o outro, e deixa o resto por nossa conta.

Remi obedeceu pontualmente, depois de ter dourado os cabelos, que ficaram lindíssimos. Montou o alazão e foi puxando o ruço-queimado.

Seguiu viagem a todo galope. Ao cabo de vinte dias, o Rei dos Peixes chegou ao palácio. Vendo que o afilhado fugira, cavalgou o preto e foi à sua procura.

30

CONTOS DA AVOZINHA

Depois de muito andar, avistou-o. Então o cavalo alazão disse a Remi que largasse o papelzinho branco. Imediatamente formou-se espesso nevoeiro, que o rei a custo furou. Quando o conseguiu, o rapaz já estava longe.

Dando de esporas, já ia de novo o alcançando, mas Remi, a conselho do alazão, abriu o papel verde. Formou-se um espinhal.

O rei disse para o cavalo preto:

— Se conseguires passar comigo este espinhal, eu te desencantarei.

— Tira-me, então, os arreios — disse o animal.

Mas, quando ia chegando ao meio, o cavalo atirou-o ao chão, e seguiu sozinho.

Passados alguns dias mais, chegaram perto de uma cidade.

Aí o cavalo alazão tomou a palavra:

— Nós vamos ficar aqui encantados em pedras. Deixa conosco tua roupa e tuas armas, e continua sozinho. Mais adiante encontrarás um boi morto; abre-o, tira-lhe a bexiga, e cobre com ela a cabeça para esconder os cabelos. Vai e segue tua vida. Quando precisares de nós, procura-nos.

O rapaz executou aquelas recomendações.

Chegando à cidade, encontrou um palácio. Falou ao jardineiro, que estava trabalhando, e pediu-lhe emprego. O jardineiro aceitou-o como ajudante, e o moço ficou empregado.

No palácio, toda a gente gostava dele, porque Remi era bom trabalhador, mas achavam-no muito esquisito por não ter um só fio de cabelo. Por isso chamaram-lhe "Moço Pelado".

Uma vez, julgando-se ele a sós, tirou a bexiga de boi, e apareceu com os seus lindíssimos cabelos de ouro. A mais moça das filhas do rei viu-o e ficou apaixonada.

Tempos depois, houve importantes cavalgadas, às quais toda a gente compareceu.

O "Moço Pelado", que havia ficado sozinho, mal viu o palácio deserto, correu para onde estavam os cavalos, e contou-lhes tudo.

O ruço-queimado surgiu deslumbrantemente arreado. O rapaz vestiu-se com roupas próprias e entrou na liça, onde ganhou os prêmios, oferecendo a argolinha de ouro à filha mais moça do rei.

Ninguém sabia quem era aquele formoso mancebo de cabelos de ouro, montado num cavalo sem igual. Só a princesinha foi quem ficou meio desconfiada e por isso mesmo, mais apaixonada.

No segundo dia, correram-se novas cavalgadas. O rei, querendo saber, a todo custo, quem era o misterioso cavaleiro, que excedia a todos em garbo e valentia, conquistando os prêmios, mais ricamente vestido e montando o melhor animal, mandara um numeroso batalhão para prendê-lo.

31

O "Moço Pelado", mesmo assim, não se mostrou receoso. Entrou na arena; e, dado o sinal de partida, avançou na frente de todos, ganhando, ainda desta vez, a argolinha de ouro.

Como no primeiro dia, ofereceu-o à princesa e, fazendo um cumprimento geral, disparou o cavalo, que voou por cima dos soldados, espantados com aquela audácia e ligeireza.

No terceiro e último dia de festa, tudo sucedeu como nos antecedentes, com a diferença de que havia mais gente, e de que soldados armados de baionetas, em maior número, foram colocados em todas as saídas a fim de evitar a fuga do jovem cavaleiro.

Remi, porém, sempre confiado e protegido pelos seus três cavalos encantados, ganhou o prêmio e conseguiu safar-se, sem que o atingissem as pontas das baionetas e o chuveiro de balas disparadas contra ele.

Nunca se soube nem se desconfiou sequer quem fosse o vencedor das cavalgadas. Apenas a princesinha tinha uma ligeira suspeita de que era o ajudante dos jardins reais, o guapo e formoso mancebo. Entretanto, nada disse, e as coisas continuaram como sempre.

* * *

Passados tempos, o rei anunciou que quem matasse uma fera terrível que desde muitos anos devastava o país, causando toda sorte de horrores e estragos, casaria com sua filha mais velha.

Sabendo disso, Pelado foi consultar o ruço-queimado, que lhe disse:

— Arranja um espelho, que colocarás no meu peito, e vai dar combate ao bicho. Quando ele vir a sua imagem reproduzida, ficará atrapalhado e poderás, então, matá-lo.

A coisa passou-se como dissera o cavalo.

No dia seguinte, a fera amanheceu morta.

Ninguém se proclamou, todavia, como tendo sido o autor, e o monarca julgou-se por isso dispensado de cumprir a palavra.

Resolvendo casar as três filhas no mesmo dia, mandou que elas escolhessem noivos.

As duas mais velhas quiseram dois poderosos príncipes, ao passo que a mais moça declarou terminantemente que só se casaria com o "Moço Pelado", ajudante do jardineiro real.

O rei, como a estimava muito, não teve remédio, senão aceitá-lo como genro. Ordenou que se preparasse um grande banquete, no qual todas as aves seriam caçadas pelos seus futuros genros.

Mas nenhum deles, a não ser o "Moço Pelado", conseguiu matar alguma. Um dos príncipes, encontrando-o no mato, carregado de caça, e não o conhecendo, propôs-lhe comprar tudo, ao que ele acedeu, exigindo, porém, recibo.

Na ocasião do banquete, o rei pediu que cada um dos genros contasse uma aventura curiosa que lhes houvesse sucedido.

O primeiro, levantando-se, tirou do bolso o cotoco da língua da fera, e declarou:

— A maior façanha que tenho feito em toda a minha vida foi matar o bicho que assolava o país. Não o disse naquela época, por modéstia.

O segundo, tomando a palavra, disse:

— Tenho feito muita coisa notável, que não quero lembrar. Direi apenas que fui eu quem caçou todas essas aves que estamos comendo.

Todos os convivas aplaudiram muito os altos feitos de tão valentes príncipes.

Chegando a vez de Remi, falou ele:

— E eu tenho a dizer que estes dois moços mentiram descaradamente. A prova é que o que o primeiro apresentou foi o cotoco da língua, porque quem matou a fera fui eu, e aqui mostro a ponta. Quanto às aves, eis o recibo que me passou o segundo, o que demonstra que fui eu quem as caçou.

Dizendo isso, arrancou a bexiga de boi que lhe cobria a cabeça e apareceu com os seus formosos cabelos de ouro, reconhecendo-se assim nele o moço misterioso das cavalgadas, para vergonha dos dois príncipes intrujões.

Os três cavalos desencantaram-se, tendo cumprido a missão que lhes fora destinada de proteger o filho de Inácio Peroba.

OS TRÊS CAVALOS ENCANTADOS

Jerônimo trabalhou a vida inteira; apesar de haver sido sempre honrado, bom e virtuoso, nunca pôde fazer fortuna. Aos cinquenta anos de idade, era tão pobre como quando nascera, acrescendo a circunstância de que era chefe de família, a quem tinha forçosamente que vestir e alimentar.

Além de quatro filhas, tinha três rapazes: João, Pedro e Manuel.

Quando João, o mais velho, completou vinte e um anos, chegou-se para o pai, e assim falou:

— Meu pai, já estou homem feito e quero ganhar a minha vida, correndo mundo, para ver se sou feliz.

O pai, muito triste, separou-se dele, dizendo:

— Meu filho, que queres tu? O pouco dinheiro que te reservei, sem a minha bênção? Ou a minha bênção, sem dinheiro algum?

— Dinheiro — respondeu ele. E acrescentou:

— Quando a roseira que plantei começar a murchar, é porque estou em perigo. Mande Pedro em meu auxílio.

Disse e partiu.

Depois de andar muitas terras, ter visto muitas coisas, por este mundo afora, João chegou à residência de uma princesa, que tinha duas irmãs, tão parecidas com ela como duas gotas d'água.

João pediu pousada em casa dessa princesa, que se chamava Rosalina.

À hora da ceia, Rosalina chegou-se para ele:

— Meu hóspede — disse ela —, em minha casa todo mundo é bem recebido; mas, quando nos sentamos à mesa, fazemos sempre uma aposta. Vamos começar a cear; aquele de nós dois que comer mais que o outro, é senhor desse outro... Está feita a aposta?

O rapaz aceitou, sentindo-se com uma fome devoradora, em resultado da longa viagem.

Rosalina comeu muito; e, quando não podia mais, pediu licença para ir até a cozinha ver um petisco que mandara preparar pelo cozinheiro.

Aí mandou a irmã substituí-la. João, que não sabia da semelhança que havia entre as irmãs, de nada desconfiou, e via que já não podia mais comer, ao passo que a moça cada vez mais parecia ter fome.

Afinal, não pôde mais e cruzou os talheres, ficando dessa maneira cativo da princesa.

* * *

Já por esse tempo, a roseira que plantara começou a murchar, cada vez mais.

Pedro, o segundo filho, vendo aquilo, disse ao pai:

— Meu pai, João corre perigo, e eu quero ir em socorro dele.

— Pois bem — disse o velho. — Que desejas? A minha bênção sem dinheiro ou dinheiro sem a minha bênção?

— Desejo dinheiro! — respondeu Pedro.

Horas depois, saiu de casa.

Tanto andou, que um dia foi ter justamente à casa da princesa Rosalina e de suas irmãs. Antes de Pedro partir, disse ao pai:

— Se meu craveiro murchar, é porque corro perigo. Mande Manuel me socorrer.

Assim que Pedro chegou ao palácio da princesa, pediu pousada. À hora do jantar, aconteceu-lhe o mesmo que a João.

Em casa, o craveiro começou a murchar.

Manuel, o mais moço, vendo as duas plantas murchas, pediu licença ao pai para ir socorrer os irmãos.

O pai fez a mesma pergunta que tinha feito aos outros dois filhos, e ele respondeu que queria a bênção, unicamente, sem a menor quantia.

Quando Manuel saiu de casa, encontrou uma velhinha, que era Nossa Senhora, sua madrinha assim disfarçada.

Sem se dar a conhecer, a velha entabulou com ele grande conversa e terminou por lhe dizer onde se achavam João e Pedro. Narrou-lhe tudo quanto havia sucedido aos dois moços, e o que Rosalina costumava fazer para ter presos tantos homens.

CONTOS DA AVOZINHA

Por último, aconselhou-o que aceitasse a aposta, mas que não permitisse à princesa levantar-se, porque ela faria a troca por sua irmã sem que ele desconfiasse, embora prevenido como estava.

Manuel chegou à casa da princesa. À hora do jantar, aceitou a aposta, em tudo semelhante às outras, que lhe fez Rosalina.

Procedeu como sua madrinha lhe ensinara, e, quando a moça quis levantar-se, não consentiu, ganhando por isso a aposta.

* * *

Manuel não quis a princesa como escrava. Contentou-se em soltar todos os presos que lá se achavam.

Os três irmãos, quando se viram juntos, ficaram alegres, e foram correr mundo.

No meio do caminho, porém, João e Pedro revoltaram-se contra o outro, tomaram tudo quanto ele possuía e levaram-no cativo.

Seguiram os dois a cavalo, bem montados, e o pobre Manuel, a pé, pela estrada afora, triste de sua vida, e chegaram a um país onde existiam misteriosos animais, que todas as noites vinham estragar as hortas e os jardins do rei, não havendo quem pudesse dar cabo deles.

Assim que Pedro e João souberam do caso, foram se oferecer ao rei para matá-los.

Entraram na horta e ficaram a conversar, esperando as feras.

Mas, já para o meio da noite, uma noite muito quente, começaram a se sentir fatigados e pegaram no sono, de modo que, no dia seguinte, pela manhã, foram dizer ao rei, envergonhados, que nada tinham conseguido.

O rei expulsou-os do palácio, como intrujões.

Chegou a vez de Manuel, que se foi oferecer para matar os animais, que tanto estragavam os jardins.

Chegando a noite, muniu-se de sua violinha e começou a cantar e a tocar, para se distrair do sono, que já lhe pesava nas pálpebras.

Pelas onze horas, ouviu enorme barulho.

Prestou atenção e viu três cavalos encantados que se encaminhavam para as hortas, não podendo, porém, entrar, porque se apresentou em frente deles.

Cada um dos cavalos pediu-lhe uma folha de couve, que o moço deu.

Disse então o primeiro cavalo:

— Quando se vir em algum perigo, diga: "Valei-me, meu cavalo preto!"

O segundo falou:

— Quando se vir em algum perigo, diga: "Valei-me, meu cavalo baio!"

O terceiro disse:

— Quando se vir em algum perigo, diga: "Valei-me, meu cavalo ruço!"

Em seguida partiram.

No dia seguinte, os jardins e as hortas do rei apareceram em perfeito estado, e Manuel ganhou muito dinheiro.

Pedro e João desapareceram envergonhados.

* * *

Vivia Manuel satisfeito, gozando dos rendimentos que o rei lhe dera, quando soube que a princesa Catarina, filha única do rei, dissera que só se casaria com um homem que, a cavalo, subisse as sete escadarias do palácio real e lhe tirasse a flor que ela tinha na cabeça.

Marcou-se o dia para a festa, e ninguém conseguiu passar a primeira escadaria.

Manuel lembrou-se do cavalo, e disse:

— Valei-me, meu cavalo preto!

Surgiu um cavalo preto, como azeviche, com arreios de prata.

Manuel montou e chegou até a terceira escadaria no meio de vivas entusiastas e aclamações, porque nenhum cavaleiro se apresentara em animal tão bonito e tão bem arreado.

No segundo dia, os cavaleiros se apresentaram e nada fizeram.

Já supunham a festa terminada, quando apareceu um cavalo baio, muito mais bonito que o preto do dia antecedente, com arreios de ouro.

O povo, ao ver aquele cavaleiro, que era Manuel, ficou deslumbrado.

O cavalo foi até a quinta escadaria.

No terceiro dia, o povo já estava impaciente por ver chegar o cavaleiro, que em dois dias seguidos tanto se distinguira dos seus contendores, e aparecia tão ricamente montado.

Assim que apareceu em frente ao palácio, em seu cavalo ruço, com arreios de brilhantes, o povo não se conteve em aplausos sem fim.

O próprio rei estava impaciente pelo resultado, pedindo a Deus que fosse ele o vencedor.

O cavalo ruço, chegou até o último degrau da última escadaria e parou. O moço fez uma cortesia, e tirou a flor do penteado da princesa.

Efetuou-se o casamento da princesa no meio de aplausos da população, que veio em massa saudar os recém-casados.

Manuel mandou buscar seu velho pai.

Os três cavalos encantados mudaram-se em três príncipes, que assim estavam transformados para castigo de gravíssimos crimes cometidos, devendo permanecer em tal estado, enquanto não fizessem uma ação meritória.

HISTÓRIA DE UM PINTINHO

QUI-QUI-RI-QUI. Có-có-ró-có! Num terreno de grande chácara, pertencente a opulento senhor, viviam em profusão galos, galinhas, pintos, perus, patos, marrecos, galinholas, pavões — todas as espécies de aves domésticas, numa palavra. Vida regalada, passavam eles alimentados à farta. A única exceção era um pobre pintinho, que vivia muito triste. Por ser muito pequeno e magro, os companheiros levavam todo o dia a beliscá-lo, de modo que o infeliz pintinho andava sempre ferido, e quase sem comer, porquanto as galinhas não lhe deixavam um grãozinho de milho sequer.

Vivia o coitadinho muito triste de sua vida, pensando em fugir de perto dos outros, devido aos maus-tratos que constantemente recebia, quando uma vez, mariscando, viu um papelzinho, e disse:

— Bravo! Agora estou com a minha vida ganha! Vou levar esta carta ao rei, e ele, com certeza, em paga, há de mandar-me dar milho bastante para eu comer durante a minha vida inteira.

Ficou o pintinho tão satisfeito, pensando em arranjar uma casinha para morar, onde pudesse passar os dias longe do terreiro, livre das beliscadas de seus companheiros, que cantou pela primeira vez:

— Qui-qui-ri-qui!

Os outros, ouvindo aquela voz desconhecida, olharam e viram-no a cantar.

O galo velho, pastor do terreiro, perguntou:

— Quem é que canta aqui neste terreiro sem minha ordem?

— Sou eu — disse o pintinho —, porque achei uma carta, e vou levá-la a el-rei nosso senhor.

Disse, e partiu em direção ao palácio real.

Depois de muito andar, parou para descansar das fadigas da viagem. Estava beliscando a terra, pensando na fortuna que o rei havia de lhe dar, quando passou uma raposa, que, avistando-o, lhe dirigiu a palavra:

— Bons dias, Sr. Pinto. Por aqui por estas alturas? Onde vai tão cedo?

— Qui-qui-ri-qui — retorquiu o pinto —, vou levar esta carta a el-rei nosso senhor.

— Se não é abuso, Sr. Pinto, pedia-lhe para me levar em sua companhia. Desejava ver o palácio do rei. Dizem que é muito bonito e guardado por muitos soldados, e que a gente, só de o ver, se diverte.

— Não faço dúvida em levá-la, dona Raposa. Se quiser, entre aqui no meu papinho, que a conduzirei até lá.

A raposa fez o que o pintinho mandou, e lá seguiram os dois em demanda do palácio.

Andaram muito e, depois de já bem cansados, o pintinho encontrou um riacho. Desanimou de seguir viagem, por não poder atravessar a nado um rio tão grande e com tanta correnteza.

Encarapitou-se em cima de uma pedra; e, muito triste, pensava num meio de transpor o rio, quando este lhe falou:

— Olá, Sr. Pinto, por que se aflige tanto? Há meia hora o estou vendo a olhar para mim, com cara tão triste. Diga-me o que sente. Talvez lhe possa ser útil.

FIGUEIREDO PIMENTEL

— É o caso, senhor Rio, que tenho de levar esta carta a el-rei nosso senhor, mas não posso, porque não tenho coragem de o atravessar a nado.

— Não seja essa a dúvida, Sr. Pinto. Pô-lo-ei na outra margem, sem risco de sua própria vida, mas com a condição de me levar também em sua companhia.

— Pois bem, entre no meu papinho, e vamos ver o rei — respondeu ele.

O Rio entrou, e seguiram viagem os três: o Pintinho, a Raposa e o Rio.

Mais adiante, encontrou um espinheiro.

— Onde vai, Sr. Pinto, com tanta pressa? — inquiriu este.

— Qui-qui-ri-qui, vou ao palácio do rei levar-lhe esta carta, e não quero me demorar, porque pretendo lá chegar antes da noite.

— Quer levar-me em sua companhia? Talvez eu lhe seja útil.

O espinheiro entrou também, seguiu com seus companheiros para o palácio do rei.

* * *

Chegados aí, o pinto dirigiu-se à guarda do palácio, dizendo que tinha uma carta para entregar a sua majestade real. A sentinela não quis deixá-lo entrar. Ele, porém, tão alto falou, tanto cantou, que o rei, ouvindo aquele barulho todo, chegou à janela e perguntou por que razão aquele pinto fazia tamanha algazarra.

— Saberá vossa real majestade que este pinto quer por força entrar, para entregar uma mensagem — disse o soldado.

— Pois deixe-o entrar.

O rei recebeu o papelinho do bico do pinto, e vendo que era um simples pedaço de papel sujo, ficou zangado com aquele atrevimento e mandou que seus vassalos o pusessem no poleiro, em meio das galinhas e galos, que no palácio havia em grande quantidade.

Assim que ele entrou, os outros, vendo um hóspede novo, começaram a beliscá-lo.

Nisso, gritou a Raposa:

— Sr. Pinto, espere que vou defendê-lo. Ensinarei a esses tratantes que não se maltrata assim uma ave tão distinta.

Saiu do papo do pintinho e começou a comer toda a criação que existia no poleiro. Em seguida, saíram ambos a toda a pressa, fugindo do cozinheiro que havia corrido a ver o que tinha de extraordinário ali para que as galinhas tanto gritassem.

Quando entrou e não viu ave alguma, alguém foi comunicar ao rei que o pintinho, que na véspera levara a carta, e que fora metido no poleiro, em castigo do seu atrevimento, fugira, tendo matado as galinhas.

38

O rei, exasperado, mandou que um batalhão fosse logo em procura do fugitivo e que o trouxesse vivo ou morto.

Já estava o pinto muito longe, e fugia a bom fugir, quando ouviu tropel de animais, retinir de espadas.

Compreendeu que era gente mandada pelo rei para prendê-lo.

Soltou o rio do seu papinho, que, estendendo-se pelo campo afora, impediu a marcha do batalhão.

Os soldados levaram muito tempo a arranjar canoas que os conduzissem à outra margem.

Nesse intervalo, ia o pintinho ganhando terreno.

Corria sempre, para se livrar dos seus perseguidores.

O batalhão conseguiu, finalmente, transpor o rio e correu a toda a brida atrás do pinto.

Mestre Pinto, vendo-se assim quase alcançado pelos seus perseguidores, deixou sair do papo o espinheiro, que formou espessa, impenetrável cerca de espinhos, impedindo, assim, os soldados de continuarem a empresa.

O galináceo, livre finalmente de tantos perigos, voltou para o terreiro, mas teve vergonha e receio de entrar, com medo das pancadas que viria a sofrer dos companheiros.

Começou a espreitar por trás de uma cerca, e não avistando nenhum dos antigos companheiros, atreveu-se a entrar.

Ficou maravilhado, vendo o bom trato que a nova geração, assim que saía do poleiro, lhe dava.

Fizeram-lhe muitas festas, e ofereceram-lhe casa, comida e o lugar do galo velho pastor de terreiro, que havia morrido dias antes, porque nesse tempo, o pintinho era um frango bonito, preto, com penas douradas nas asas.

Assim ficou ele sendo o galo, dono do terreiro, e viveu longos anos, muito feliz no meio dos seus iguais.

O PAPAGAIO ENCANTADO

Longe, muito longe daqui, lá para as bandas onde o sol nasce, dizem que existia um maravilhoso país diferente em tudo e por tudo do nosso.

Governava-o um soberano, um rei, que fez a felicidade dos seus súditos, pelos generosos dotes de coração que abrigava; pelo seu amor e respeito à Justiça, ao Direito, à Liberdade, à Igualdade e à Fraternidade; e, sobretudo, pela sua grande sabedoria.

Chamava-se Marval, e tinha três filhas, cada qual delas mais bonita: a primeira tinha por nome Alice; a do meio, Rosa; e a terceira, Amanda.

Um dia, ordenou-lhes o pai que elas lhe contassem todos os dias, pela manhã, o sonho que, por acaso, cada uma tivesse durante a noite.

As meninas receberam esta ordem com certa estranheza. Contudo, como eram muito obedientes, prometeram cumprir o que lhes era mandado.

À noite, antes de se deitarem, em conversa, começaram a discutir aquela ordem absurda e tão fora de propósito.

Dizia Alice, a mais velha:

— Estou admirada da ordem que o nosso pai nos deu, manas, tão esquisita é ela; nem sei que farei amanhã, se acaso sonhar uma tolice, como às vezes sucede a gente sonhar. Com certeza terei pejo em narrá-la.

— Eu não — disse Rosa —, não tenho vergonha alguma de meu pai, e contarei tudo, se tiver algum sonho.

— E eu — falou Amanda —, a caçula, já que é a vontade do meu pai, dir-lhe-ei tudo, nem que saiba zangar-se ele depois comigo.

* * *

No dia seguinte, pela manhã, Marval mandou dizer às moças que já estava à espera, para lhe contarem os seus sonhos.

As duas primeiras nada tinham sonhado, por isso nada disseram. Amanda, porém, sonhara que por aqueles dias havia de se casar com um príncipe muito lindo e muito rico, senhor de um país onde as casas eram de ouro e pedras preciosas, e que cinco reis haviam de lhe beijar a mão, achando-se entre eles seu pai.

O monarca, zangadíssimo com a filha, declarou que se ela sonhasse outra vez semelhante coisa, e tivesse coragem de lhe relatar outro sonho, assim tão soberbo, mandaria matá-la.

As duas irmãs ficaram tristes quando souberam do sonho de Amanda, e foram pedir para não contar outro, que porventura tivesse, no mesmo sentido, sendo nesse caso preferível mentir.

— Papai disse que te mandaria matar. Ora, bem sabes que palavra de rei não volta atrás. Por isso, acho bom nada mais lhe narrares.

No dia seguinte, a menina quis enganá-lo. Mas, como não sabia mentir, chegou-se para ele chorando muito, e lhe contou entre lágrimas o sonho da véspera, que se repetira naquela noite.

Marval enfureceu-se com a desobediência da filha, pensando que ela estava procedendo propositadamente.

Mandou, pois, que os criados a levassem para uma floresta distante, e a matassem; trazendo-lhe o dedo mindinho como prova de sua morte.

As irmãs, tendo notícia da sentença, de joelhos, pediram ao rei que a perdoasse, pois se Amanda havia contado o sonho, foi porque lho tinha sido ordenado; que elas duas lhe haviam aconselhado não repetir a narração, mas como era muito verdadeira, não quis mentir, e confiara na bondade do pai para absolvê-la.

CONTOS DA AVOZINHA

— Antes papai a mande presa para a Torre do Castelo — opinou Rosa —, sem poder sair, senão uma vez por ano.

Continuando a suplicar o perdão da irmã, ou, pelo menos, a comutação da pena, Rosa e Alice inventaram mil castigos. O rei, todavia, foi inflexível; não revogou a ordem, e as meninas saíram dali com o coração cheio de dor, pela próxima perda da irmãzinha que tanto estimavam.

* * *

No outro dia, assim que rompeu a madrugada, a princesa Amanda partiu para a Floresta Negra, toda de luto, com um véu preto que lhe cobria completamente o rosto a ponto de torná-la desconhecida.

Ordenara-lhe Marval o uso desse véu, para que a corte ignorasse o fato, e não começasse a propalar a sua maldade.

Os próprios criados de confiança, que foram designados para matar a princesa, não sabiam quem era aquela moça toda de preto, com um véu tão espesso, que não deixava ver sequer a sua fisionomia.

Antes de chegarem à Floresta Negra, os emissários reais encontraram uma velhinha, uma mendiga, que todos os dias ia receber esmolas que Amanda lhe dava.

Essa velhinha, que era adivinha, ao ver passar aquela gente tão cedo, ainda de madrugada, conheceu logo a princesa e gritou:

— Adeus, princesa Amanda, minha benfeitora, filha do muito poderoso rei Marval! Desejo-lhe muitas venturas. Vá depressa, que seu noivo está à sua espera!...

A moça, que ia muito triste pensando na sua sorte desgraçada, mais triste ficou por se lembrar de que a pobrezinha ia passar sem esmolas.

Não obstante não poder parar, nem um segundo, sob hipótese alguma, a carruagem em que ia, teve ela ainda tempo de atirar uma moedinha, que se achava por acaso no bolso do vestido.

A velha, compreendendo o bom coração da menina, exclamou:

— Deus nunca desampara os bons, princesa Amanda! Nossa Senhora há de acompanhá-la e protegê-la!

Ora, entre os criados que haviam ido levar a princesa para matá-la na Floresta Negra, achava-se um de nome João, já velho, que a tinha criado. Sabendo pelas palavras da mendiga que a moça a quem levavam para assassinar tão cruelmente era a sua querida, a sua extremosa, a sua dileta filhinha — como ele chamava e considerava a princesa —, protestou logo ao não cumprimento da ordem real, sucedesse o que sucedesse.

Firme nesse propósito, logo que o cortejo chegou à entrada da Floresta Negra, João disse aos seus companheiros que fora ele o encarregado de matar a moça; e por isso que o esperassem ali, pois não precisava de ajudante para tal serviço. Levou a menina para longe, no meio da mata, e como estimava muito a princesinha, teve pena de matá-la. Trouxe, todavia, para o rei não desconfiar, o dedo mínimo de Amanda como prova de sua morte, e em cumprimento à ordem que recebera.

Assim que a jovem Amanda se viu só, principiou a chorar de medo, porque ouvira dizer que aquela floresta era mal-assombrada. Começou a andar; e, andando muito, já bastante fatigada, chegou a um buraco.

Aproximou-se dele, e assim que transpôs a entrada, percebeu que quanto mais caminhava, tanto mais largo se tornava ele, do mesmo modo que o terreno mais pedregoso e cheio de raízes, se cobria de relva fina e macia, que seus pés cansados pisavam.

Prosseguindo sempre, deparou-lhe deslumbrante palácio todo de mármore cor-de-rosa, e com janelas e portas de ouro.

Sentindo-se bem, ficou residindo aí, satisfeita, almoçando e ceando, sem no entanto ver pessoa alguma, o que de algum modo a impressionava.

A única coisa que quebrava o silêncio desse palácio era um papagaio, que falava dentro de um quarto fechado, cujas portas jamais se abriam.

* * *

Havia algum tempo já que Amanda ali se achava vivendo, cada vez mais serena e feliz, apenas muitíssimo triste, quando um dia lhe apareceu um moço formoso, ricamente vestido. Entregou-lhe ele a chave do quarto dizendo que podia abri-lo, o que fez sem mais demora.

Foi um deslumbramento. Ficou maravilhada ao ver um papagaio tão grande, tão bonito, de asas tão douradas que parecia o sol, e tendo na cabeça um diamante de inexcedível preço, e lindo, lindíssimo, sem igual no mundo.

Ao ver aproximar-se a moça, a ave sacudiu as penas, contentíssima, e disse:

— Bons dias, princesa Amanda, filha do rei Marval! Como vem tão bonita, tão formosa!

— Mais formoso do que eu és tu, meu lindo papagaio dourado...

Ainda bem que não havia terminado a última palavra, o papagaio transformou-se no lindo moço que tinha aparecido para lhe dar a chave do quarto.

Esse moço era sua alteza o príncipe imperial Calcim, filho e herdeiro de Manarés XI, imperador da região das Pedras Raras. Fora transformado num papagaio, e deveria permanecer nesse estado até encontrar uma princesa que descobrisse o palácio subterrâneo e o desencantasse.

Assim, meses após, celebrou-se o seu casamento com Amanda, comparecendo cinco reis tributários do imperador Manarés XI, entre os quais se achava o rei Marval, para beijarem a mão da noiva.

Todos os outros beijaram a mão da princesa; quando chegou a vez de Marval, a nova imperatriz recusou-a.

Escandalizado com tão grave injúria, à vista dos outros reis, Marval perguntou o motivo do procedimento da princesa.

Calcim, querendo dar uma satisfação da recusa, perguntou a Amanda por que assim procedia com um rei tão ilustre e senhor de uma nação poderosa e amiga.

A moça narrou, então, a sua história, que foi ouvida por todos com a máxima atenção. Marval foi muito censurado, mas, mostrando-se arrependido, obteve o seu perdão, e viveu feliz ainda muitos anos.

O MOLEQUE DE CARAPUÇA DOURADA

Manuel Borba, depois de trabalhar a existência inteira, velho e cansado, já próximo do fim, via-se como no princípio da sua carreira, cada vez mais pobre, ganhando o indispensável para não morrer de fome. Toda a sua fortuna consistia em uma roça que cultivava com os dois filhos.

Ao chegar a casa, uma tarde, teve notícia de que a mulher dera à luz um menino muito desenvolvido e forte que ficou se chamando Anselmo. Não obstante ser pobre, ficou muito contente com o nascimento do filho, que prosperava dia a dia, a olhos vistos, cada vez mais, a ponto de ser, ao cabo de um mês, do tamanho de um homem. Além disso, comia como um gigante; só se contentava com um boi inteiro para jantar!

Borba, vendo que não podia sustentar um filho assim, aconselhou-se com Bárbara, sua mulher, e combinaram os dois de mandar o rapaz cuidar de sua vida.

Anselmo não se incomodou com a notícia. Pediu apenas que o pai mandasse fazer uma bengala de ferro, uma foice e um machado, gigantes e pesados.

Assim que tais instrumentos ficaram prontos, partiu ele a correr mundo.

* * *

Depois de muito andar, chegou à casa de um lavrador e ofereceu-lhe os seus serviços, que foram aceitos.

Sendo incumbido de fazer uma roça, em três ou quatro foiçadas pôs abaixo todas as matas da fazenda.

O fazendeiro, assustado com semelhante empregado, deu uma desculpa qualquer e despediu-o, dizendo que não precisava mais dele.

À hora do jantar, quando apresentaram a comida comum, recusou-se Anselmo a jantar, dizendo que o que estava na mesa não chegava nem para o buraco de um dente, e pediu, para aliviar um pouco a fome com que estava, um boi e dois sacos de farinha.

O fazendeiro mandou dar-lhe o que pedia, e muito admirado ficou quando o viu devorar tudo. Então, cada vez mais amedrontado, despediu-o.

Partiu o nosso herói em busca de novo emprego, chegando ao palácio de um rei.

Perguntado sobre o que sabia fazer, Anselmo respondeu:

— Saberá vossa real majestade que sei fazer tudo, e sou capaz de tudo neste mundo.

À vista disso, o rei, para experimentá-lo, mandou-o caçar seis leões que andavam devastando os arredores.

O moço aceitou a incumbência, e pediu um carro com três juntas de bois.

Passou seis dias nas matas onde estavam os leões. Em cada dia matava um boi para comer e prendia um leão, que amansava e atrelava ao carro.

No fim desse tempo, cortou árvores das mais grossas e trouxe-as para a cidade, no carro puxado pelos leões amansados.

O povo, ao ver aquele carro com árvores enormes, puxado por leões, correu a contar o que via. Assim que Anselmo chegou à praça em frente ao palácio real, o rei mandou que os soldados matassem os seis animais ferozes, e avisassem o homem que saísse o mais depressa possível, sob pena de ser fuzilado.

Recebendo tal intimação, ficou Anselmo admirado de ter feito coisa que zangasse a real majestade, e indagando por que motivo o expulsavam do reino, não obteve resposta alguma.

Desconsolado por ver que ninguém queria aceitar seus serviços, partiu da cidade, protestando que não se empregaria.

— Agora vou trabalhar por minha conta; não quero mais saber de patrões, pois tenho sido infeliz com meus amos. Quero experimentar a vida, sem ter que dar satisfação a pessoa alguma.

Jornadeava ele por uma estrada muito larga e muito comprida, a ponto de se perder de vista, quando, depois de muito caminhar, encontrou um rio.

Parando para descansar, viu um homem atravessá-lo, sem se molhar.

— Como é que você anda na água sem se molhar? — indagou. — Como se chama você?

— Eu me chamo Homem-Peixe. Você está admirado de me ver passar este riacho; quanto mais se soubesse que acabei de atravessar todo o mar!

— Quer vir em minha companhia? — perguntou Anselmo.

— Quero — disse o Homem-Peixe.

— Pois então, passe-me para o outro lado.

O Homem-Peixe carregou-o nas costas e caminhou para a outra margem.

CONTOS DA AVOZINHA

Seguiram os dois companheiros, quando, depois de andarem muito tempo, encontraram um homem cortando cipó e emendando-o para fazer um laço.

— Que fazes aí, homem? Como te chamas?

— Chamo-me o Homem-Laçador. Estou a fazer este laço para laçar uma boiada que está pastando num campo, dez léguas daqui.

— O que me dizes, Homem-Laçador, é admirável! Queres vir em nossa companhia?

— Pois não; e até estimo, porque não gosto de viajar só.

E lá seguiram os três companheiros a procurar a vida, por este mundo de Cristo em fora.

Pararam numa casa abandonada, no meio de uma floresta, e combinaram que o Homem-Peixe fosse buscar comida para os três.

O companheiro encontrou no caminho um molequinho, muito preto, com uma carapuça dourada na cabeça, que lhe pediu fogo para o cachimbo.

O Homem-Peixe não quis dá-lo; e o moleque, para se vingar, arrumou-lhe o cachimbo na cabeça, com tanta força, que o prostrou sem sentidos no chão.

Quando voltou a si, já não encontrou o pretinho, mas dirigiu-se para casa, contando aos outros o que lhe havia sucedido.

Disse o Homem-Laçador:

— Qual, Homem-Peixe! Você é um moleirão! Amanhã quem vai sou eu; quero ver se o moleque me põe também por terra, sem sentidos.

Estava já o Laçador muito longe, quando lhe apareceu o moleque, pedindo-lhe fogo para o cachimbo.

O Laçador não quis dar, e os dois começaram a lutar numa briga muito feia que durou mais de uma hora. Afinal, o moleque de carapuça dourada lhe deu com o cachimbo tal pancada na cabeça, que o pôs por terra, desacordado. Quando o Laçador deu acordo de si, voltou envergonhado para casa e contou aos companheiros o que lhe acontecera.

Anselmo começou a caçoar, chamando ambos maricas, moleirões, e disse que era ele quem iria no dia seguinte.

De manhã cedo, partiu com a sua bengala de ferro e depois de muito andar, em um lugar afastado encontrou o tal moleque, que lhe disse:

— Olá, Anselmo, como vai?

— Bem, obrigado. E tu, como vais, moleque?

— Bem. Muito obrigado. Dá-me fogo para acender o meu cachimbo?

— Não, moleque, não dou; e retira-te já daqui, senão... senão...

Meteu-lhe a bengala, e o moleque meteu-lhe o cachimbo.

Travaram uma luta medonha de mais de duas horas.

Afinal, Anselmo deu-lhe com a bengala de ferro com tanta força, que o moleque se viu de repente sem a carapuça dourada na cabeça.

Anselmo apanhou-a, mais que depressa.

45

— Dê-me a minha carapuça, pelo amor de seu pai — dizia o moleque, de joelhos.

— Só te darei se me deres as três princesas que tens em teu poder — respondeu o valentão.

— Não posso, porque não são minhas.

— Então, vai-te daqui, negro amaldiçoado!

O negro, que era o diabo, que vigiava as três princesas, foi andando... Anselmo acompanhou.

De repente, o moleque entrou por um buraco feito na terra, sempre acompanhado por Anselmo, que não deixava de o perseguir.

Chegaram a um palácio riquíssimo, todo de ouro, onde havia gente trabalhando em caldeiras, em fogo, em ferro e outros metais.

Aí chegando, o moleque pensou que o outro tinha medo do que via e pediu a sua carapuça. Respondeu Anselmo que só a entregaria se o negro lhe desse as três princesas.

O diabo, vendo que era o mais fraco, resolveu-se a entregá-las.

— Agora, só te darei a carapuça se me puseres lá fora — disse Anselmo.

Satanás não quis, e ele meteu-lhe outra vez a bengala.

Vendo o diabo que de todo não podia com Anselmo, fez tudo quanto ele exigia.

O Homem-Peixe e o Laçador que tinham ido à espreita, assim que viram três moças lindas saírem daquele buraco, fugiram com elas, enganando dessa forma o companheiro.

* * *

Anselmo não se incomodou muito com aquilo.

Recebera ele de cada uma das três moças um lenço, e sabia que mais tarde ou mais cedo havia de lhes descobrir o paradeiro.

O Homem-Peixe e o Homem-Laçador, souberam que elas eram filhas de um rei poderoso, que habitava não longe dali, se fossem por mar, e muito longe se a caminhada fosse feita por terra. Seriam, então, precisos dois anos para se chegar lá.

O Homem-Peixe disse:

— Com isso não me incomodo, minhas formosas princesas, pois até ando melhor na água do que em terra; o que está me impedindo de fazer a viagem por mar é que não as posso levar e mais o meu companheiro.

— Não seja esta a dúvida, Homem-Peixe. Se te comprometeres a nos levar por mar, sem perigo, vou fazer um laço para prender as três lindas princesas, e nós dois as levaremos.

Ficaram combinados.

Chegados ao palácio, o rei recebeu com alegria as filhas, e já tratava os dois companheiros como filhos.

Nesse intervalo, Anselmo, cansado de procurar as três princesas, sonhou que os três lenços que elas lhe haviam dado eram encantados, e se ele quisesse o conduziriam ao palácio do rei.

Acordou muito satisfeito, apanhou o primeiro lenço e disse:

— Voa, meu lenço, para o colo de tua dona.

O lenço virou papagaio, e desapareceu.

Quando a princesa o viu, lembrou-se do seu salvador, e disse:

— Meu pai, só me casarei com o dono deste lenço.

Anselmo fez o mesmo com o segundo, que foi cair no colo da segunda princesa, que repetiu ao rei o que sua irmã dissera.

Vendo os dois lenços se transformarem em lindos papagaios, Anselmo pegou no terceiro:

— Voa, lenço que a princesa me deu, voa e leva-me até o castelo d'el-rei, seu pai.

O lenço transformou-se num grande papagaio, com um selinzinho de ouro nas costas.

Anselmo cavalgou-o, e quando deu acordo estava no palácio.

Descoberto o embuste, Anselmo casou-se com a mais bonita das princesas. Os dois companheiros foram expulsos, depois de bem castigados.

As outras duas princesas casaram-se com dois príncipes vizinhos, senhores de um reino amigo.

A ONÇA E O CABRITO

No tempo em que os animais falavam, nesse mesmo tempo chamado do Onça, em que se amarravam os cachorros com linguiças, achava-se uma onça dormindo a sesta, enganchada num galho de árvore, quando exclamou:

— Qual! Isso assim não tem jeito! Estou há largo tempo a procurar cômodo neste pau, e nada de poder dormir! Vou fazer uma casa para morar.

Foi a um lugar da floresta, e depois de procurar bem, disse:

— É aqui mesmo; melhor lugar não poderia encontrar.

Roçou o mato que ali havia, capinou tudo muito bem.

Mestre Cabrito também andava com vontade de fazer uma casa de moradia. Saindo uma vez em busca de local apropriado, deu com o roçado que dona Onça tinha feito horas antes, e disse:

— Bravo, que belo sítio este aqui! Parece feito de propósito para uma casinha!

Dizendo isso, pôs-se logo a cortar grossos paus para servirem de esteios à casa; fincou-os no chão e foi descansar.

No dia seguinte, chegou dona Onça, e vendo os esteios já fincados, exclamou:

— Com certeza, é Deus quem me está ajudando. Ontem, apenas limpei o mato, e hoje já venho encontrar os esteios da casa!

Cortou mais paus; fez a cumeeira; pôs as travessas e retirou-se.

Quando o sr. Cabrito chegou e viu aquele progresso na construção, exclamou:

— Qual! Decididamente Deus Nosso Senhor Jesus Cristo está me ajudando. Estou encantado de graça... Não pode ser outra coisa. Por isso, mãos à obra, sr. Cabrito, quanto mais depressa, melhor.

Então colocou caibros na casa, e nesse dia deu por findo o serviço, achando que havia trabalhado muito.

Quando dona Onça veio, ainda mais admirada ficou. Nada disse, todavia pregou as ripas e os enchimentos, e foi embora.

O cabrito pôs as varas, os portais e as janelas e saiu.

A onça cobriu a casa de telhas.

O cabrito assoalhou, e fez o teto.

Um dia, um, outro dia, outro, trabalharam sucessivamente os dois animais, sem no entanto jamais se encontrarem, cada um pensando que era Deus que o protegia.

Ficando pronta a casa, dona Onça fez a cama e deitou-se.

Ainda não tinha ferrado no sono, quando chegou também o cabrito, que, vendo a onça, disse:

— Não, comadre Onça; esta casa é minha. Fui eu que finquei os esteios, pus os caibros, os portais, as janelas etc.

Depois de muita discussão, a Onça, que já estava com vontade de comer o cabrito, falou:

— Bem, compadre, não é preciso fazer questão; vivamos juntos, como bons amigos.

O cabrito, embora com muito medo, aceitou a proposta da onça, mas por precaução, armou a cama longe, perto da janela, para poder escapulir ao primeiro sinal de perigo.

Achava-se ainda na cama, aos primeiros albores da madrugada, quando a onça se virou para ele e lhe disse:

— Vou dizer-lhe uma coisa, compadre Cabrito: quando estou zangada, começo a franzir o couro da testa, tome cuidado.

— E eu, comadre Onça — respondeu o outro, fazendo-se forte, mas com verdadeiro pavor —, quando estou com raiva, começo a sacudir as minhas barbichas, e se der algum espirro, então fuja, porque não estou para brincadeiras.

Vendo que o outro não fugia, a onça saiu, dizendo que ia buscar alguma coisa para comerem.

Meteu-se atrás de uma moita, num mato muito cerrado, pertinho de um regato, onde os outros bichos costumavam ir beber água.

Apareceram diversos animais, mas a onça não se mexeu. Quando, porém, chegou um cabrito grande, muito gordo, de um salto caiu-lhe ela em cima e matou-o.

Arrastou-o até a casa e, de fora, já vinha gritando:

— Abra a porta, compadre Cabrito, para eu poder passar com a minha caça!

Mestre Cabrito, já desconfiado daquele barulho, imaginando ser alguma cilada que lhe armara ela, respondeu no mesmo tom:

— Está aberta, comadre, basta empurrá-la.

Quando o cabrito viu o seu companheiro, teve muito medo, e disse consigo mesmo:

— Se ela o matou, ele que é maior e mais forte que eu, como não procederá para comigo?

E protestou ficar cada vez mais alerta.

Ofereceu-lhe a onça um bocado de carne, mas o cabrito não aceitou, dizendo já ter almoçado.

* * *

No outro dia, foi ele quem disse à onça:

— Agora, comadre, sou eu quem vai à caça. Vou arranjar alguma coisa para comermos.

Embrenhou-se pela floresta adentro, quando viu uma onça muito grande e gorda.

Disfarçou e começou a cortar cipós fortes.

A onça, chegando perto, indagou:

— Amigo cabrito, para que é que está você cortando tanto cipó?

— Oh! Amiga onça, não sabe do caso? Então não sabe que o mundo está para vir abaixo, que um grande dilúvio e grande ventania vem cá para a terra? Trate de si, que é o que deve fazer. Eu vou me amarrar com estes cipós, porque não quero morrer já.

A onça, com medo, escolheu um pau bem grosso e pediu ao cabrito, por tudo quanto havia, que a amarrasse.

O cabrito amarrou-a perfeitamente com uma porção de cipós, e quando a viu bem segura, matou-a.

Desatou o cipó que a prendia, e começou a arrastá-la até à casinha.

Quando chegou, disse à sua comadre, que ficara em casa:

— Comadre Onça, trago comida para dois dias, venha ver, e vamos esfolar o bicho, que está gordo que faz gosto.

A onça, quando viu uma companheira sua morta pelo cabrito, teve muito medo, mas nada disse.

* * *

Começaram os dois a ter medo um do outro.

Um dia, o cabrito estava perto da janela, tomando fresco, quando viu a onça com o couro da testa todo enrugado, o que nela era sinal de raiva. Teve receio. Começou a sacudir as barbinhas, e deu um grande espirro.

A onça, ouvindo-o e lembrando-se de que era o sinal da zanga do cabrito, pulou de cima da cama e começou a correr como uma desesperada, por este mundo afora.

O cabrito, por seu lado, fugiu também, em direção oposta, com medo da onça...

E os dois ainda hoje se evitam...

O AFILHADO DO DIABO

O sr. Aleixo Pitada era um homem honrado e bom, estimado por todos que o conheciam, e vivia sozinho, num recanto, com sua mulher e seus numerosos filhos. O pobre velho trabalhava na roça todo santo dia, plantando legumes e tratando das frutas, e aos domingos vinha com o tabuleiro de quitanda à cidade, para vender a sua mercadoria.

A mulher, que se chamava Engrácia, fazia o serviço da casa; ia ao mato cortar lenha, e à noite ajudava o marido, descascando o feijão e amarrando os molhos de vagens.

Apesar de trabalharem assim, passavam mal, viviam na maior miséria, e nunca tinham dinheiro para comprar o que precisavam, havendo até dias que nem tinham pão para os filhos.

— Olha, Engrácia, não podemos dar sustento a nossos filhos, senão trabalhando mais que um boi de canga. Por conseguinte, se viermos a ter mais algum, levá-lo-ei para a cidade, um domingo, quando for vender quitanda, e dá-lo-ei a quem quiser aceitá-lo, mesmo ao diabo, se ele me aparecer.

— Não diga isso, Aleixo, olha que não será mais uma boca que nos vir atrasar a vida.

— Já te disse, mulher: se nascer mais algum filho, dá-lo-ei a quem quiser. Até ao diabo, repito.

Meses após tiveram outro filho; e no domingo seguinte, quando o homem foi levar a quitanda ao mercado, a mulher vestiu o pequeno e entregou-o ao marido.

Assim que Pitada chegou à cidade, encontrou na entrada da rua que ia dar ao mercado um cavalheiro bem-vestido, perguntando o que era aquilo que levava no braço.

— É um filho que minha mulher teve há uma semana, meu nobre senhor, e eu trouxe o pequerrucho para ver se alguém querer ficar com ele. Sou muito pobre e não posso sustentar meus filhos. São tantos, que resolvi dar os que vierem a nascer a quem os quiser.

CONTOS DA AVOZINHA

— Pois eu aceito o menino, bom homem. Se tens que o dar a outro, dá-mo, que cuidarei bem dele.

O pai entregou a criança, e depois de vender toda a quitanda, voltou para casa muito satisfeito por ter encontrado facilmente um homem tão distinto, de tão belas maneiras, que lhe pedisse o pequerrucho. Chegando a casa, contou tudo à esposa, que exclamou:

— Que Deus o proteja, e faça dele um bom cristão.

* * *

O cavalheiro que tinha tomado o menino para criar era o diabo, que ouvira toda a conversa do casal e viera buscar a criança.

O menino vivia contente no palácio de seu protetor, onde nada lhe faltava, divertindo-se bastante porque passeava e brincava em todos os lugares.

Notava, porém, que seu padrinho (como ele chamava Satã) nunca lhe havia mostrado três quartos existentes no palácio, que estavam sempre fechados e nos quais nunca tinha entrado.

Mas como o respeitava muito, jamais desejou entrar naqueles aposentos, que tanto despertavam a sua curiosidade.

Uma vez o diabo, indo fazer uma viagem, chamou o menino, que então já tinha quinze anos, e lhe disse:

— Vou dar um passeio, e como me demoro alguns dias, podes correr o palácio todo, à exceção destes três quartos, onde não deves entrar, o que te proíbo expressamente.

Demorou-se Satã fora do palácio quase um mês; e quando voltou pediu as chaves ao menino, que as entregou sem receio, pois tinha cumprido fielmente as ordens recebidas.

Passado tempo, fez segunda viagem e, antes de partir, entregou ao afilhado as chaves com a mesma recomendação.

Mas o rapaz desta vez não pôde conter a sua curiosidade, e supondo que o padrinho nunca viesse a sabê-lo, foi abrir os quartos.

Descerrando a porta do primeiro, ficou deslumbrado.

Era um quarto todo forrado de cobre, transformado numa estrebaria, também de cobre, onde se via um cavalo castanho muito lindo, e que corria muitíssimo.

Entretanto, no segundo aposento, mais admirado ficou; viu outro quarto todo de prata, e uma estrebaria também de prata, onde comia um cavalo branco, mais bonito e mais veloz que o castanho, o primeiro.

Entrou no terceiro compartimento, e não pôde conter um grito de surpresa.

Era todo ele de ouro, e também a estrebaria, na qual estava comendo um cavalo preto mais bonito ainda que os anteriores, e que não corria: voava.

Aqueles três cavalos eram encantados.

51

O castanho chamou-o, e disse-lhe que não tinha tempo a perder, porque o diabo ia chegar da viagem; e, se o encontrasse, ali, era capaz de matá-lo.

O menino ficou com muito medo, mas o cavalo recomendou:

— Vá à cozinha e embrulhe um pedaço de sabão num papel, noutro alfinetes, ponha um pouco de água em um vidro e venha ter comigo depressa. Mas não se demore, senão não respondo por sua vida.

O mocinho fez tudo aquilo, e quando voltou, o animal tornou a falar:

— Agora entre no quarto de ouro, porque ao sair estará dourado, e monte em mim, que quero salvá-lo.

O maldito, ao chegar, não encontrou o afilhado.

Correu para os quartos e, não vendo o cavalo castanho, compreendeu que o menino fugira.

Montou no cavalo preto e, como havia vento, voou, avistando-o horas depois.

Assim que o castanho se viu perseguido pelo seu dono, que já estava perto, disse para o menino:

— Depressa, jogue o papel com sabão!...

Apareceu imediatamente um morro de sabão muito alto, que o cavalo não podia subir, pois escorregava.

O diabo voltou para casa aborrecido, mas de repente lembrou-se de que, se tivesse levado uma faca, bastaria cortar o sabão para poder passar.

Montou novamente e, quando já os ia alcançando, o castanho disse:

— Depressa, jogue o vidro com água, senão estamos mortos!...

Transformou-se o vidro em grande lagoa, e Satã, vendo tanta água, voltou com medo de se afogar.

Chegando a casa, lembrou-se de que com o poder que tinha, podia fazer desaparecer a lagoa.

Tomou de novo o cavalo e voou em perseguição do fugitivo, e quando lá chegou não encontrou mais lagoa alguma.

Foi voando, até que chegou a vê-los de novo.

O castanho, assim que sentiu a aproximação do diabo, disse:

— Atire os alfinetes, senão estamos perdidos!

O menino fez o que aconselhava o seu cavalo e viu formar-se atrás de si um espinheiro tão cerrado que ninguém podia passar.

O diabo, na fúria de pegar a criança, quis romper à força o espinheiro, ficou preso, e de tanto debater para sair, morreu todo espetado.

* * *

Os outros dois cavalos foram ao encontro do menino, e depois de andarem muito chegaram à capital do reino, onde governava um rei poderosíssimo.

Este rei tinha uma filha chamada princesa Aurora.

Quando ela viu aquele moço dourado, ficou apaixonada, e foi dizer ao pai que só se casaria com ele, custasse o que custasse.

Sua majestade recusou-se terminantemente, porquanto o moço não era filho de rei, nem mesmo fidalgo.

E receando que Aurora ficasse ainda mais apaixonada, ordenou que os soldados formassem um grande quadrado, o colocassem no centro e o fuzilassem.

A princesa, sabendo daquela ordem, pediu-lhe que não fizesse aquilo, porque seria a morte do mancebo, que não poderia escapar a tantas balas.

O soberano recusou-se, e as suas ordens foram executadas fielmente.

O moço pediu, antes de entrar no quadrado, que o deixassem morrer montado no seu cavalo.

Deu-se a voz de preparar... apontar... e partiram os tiros.

Aurora, ouvindo aqueles estampidos, teve um ataque e desmaiou.

Assim que a fumaça se dissipou, viu-se o moço dourado montado no cavalo preto, voando, do outro lado do quadrado.

* * *

O monarca, em vista daquele caso extraordinário, verdadeiro milagre, estupendo, inaudito, consentiu no enlace, compreendendo que não se tratava de uma pessoa vulgar.

Assim, pouco depois, celebrou-se o casamento, e logo que o padre abençoou o casal, viram-se três pombos brancos voando pelo céu em fora.

Eram os três cavalos que iam para o céu, já que o moço dourado não precisava mais da proteção deles.

O PRÍNCIPE ENFORCADO

País grande, importante, populoso e rico era o que governava Edmundo XXII, rei poderosíssimo. Na capital do reino existia uma velha, tão velha, que já contava mais de duzentos anos.

Essa velha, a tia Joana, como todos a chamavam, vivia na floresta numa casa arruinada, tendo por única companhia um gato.

Dizia-se que ela era adivinha ou bruxa, e era de acreditar, porque tudo quanto dizia saía certo.

Nunca vinha à cidade, salvo sendo chamada por alguém que quisesse saber do seu futuro.

O rei Edmundo tinha um filho único, Roberto, herdeiro e sucessor no governo do país.

Quando sua alteza completou quinze anos, a rainha, sua mãe, preocupada com o seu futuro, querendo a todo custo saber o que lhe reservava

FIGUEIREDO PIMENTEL

o destino, mandou convidar a velha feiticeira para vir ao palácio e aí ler a *buena-dicha* do príncipe.

A velha, a princípio, não quis dizer o futuro que estava reservado ao príncipe, mas a rainha tanto lhe pediu, que ela profetizou haver o príncipe Roberto de morrer enforcado.

A rainha, desde esse dia, viveu imersa em profundíssima tristeza.

Roberto, notando que sua querida mãe vivia sempre no quarto chorando inconsolável, perguntou-lhe o motivo por que andava tão desesperada.

A rainha nada lhe quis dizer, pretextando moléstia. Mas o jovem príncipe tanto insistiu, que a pobre mãe não teve remédio senão revelar a causa de sua tristeza.

O moço não se arreceou do destino que lhe estava reservado.

Disse que não se incomodava com o gênero de morte que teria, porquanto tinha de morrer um dia e, nesse caso, tanto se lhe dava ser desta ou daquela maneira.

Pediu então, já que lhe estava destinada aquela sorte, que os pais lhe dessem licença para ir correr mundo, a fim de morrer em país estranho, longe dos seus e não afligir os pais com o espetáculo de sua morte horrorosa.

O rei, só a muito custo, lhe concedeu a licença pedida.

Roberto aprontou-se para a viagem. À despedida, a rainha deu-lhe dinheiro que bastasse para se sustentar durante o resto de sua vida.

* * *

Começou o príncipe a correr mundo; e depois de haver percorrido muitas cidades e reinos, foi ter a um pequeno povoado onde existia uma capelinha erguida no alto de um morro, dedicada a São Miguel.

O povo desse lugarejo era muito pobre, de modo que não só a igrejinha, como São Miguel e a figura do diabo e as demais alfaias do templo todo já se achavam em péssimo estado.

O príncipe Roberto, apiedando-se da miséria em que estavam a capela e as imagens, mandou consertar tudo à sua custa.

Resolveu, então, demorar-se aí por algum tempo à frente dos operários, administrando as obras.

Concluídas que foram, o pintor disse que ficara um resto de tinta, pois não pintara o Anjo Mau por lhe parecer que não merecia a pena, com o que o príncipe não concordou, ordenando que pintasse também a figura do diabo.

Quando ficou pronto, e nada mais faltou, retirou-se da povoação levando consigo a bênção do povo, que só assim vira a sua capelinha restaurada.

Roberto continuou viagem, a correr mundo, indo ter à casa de uma velhinha, na beira de uma estrada solitária, a quem pediu pousada por uma noite.

A velha, que era uma bruxa muito má, concedeu-lhe a pousada pedida e mostrou-lhe o quarto onde ele devia passar a noite.

O moço, entrando no quarto que lhe fora destinado, começou a contar o dinheiro que tinha no bolso.

A feiticeira, que estava à espreita, pelo buraco da fechadura, ficou admirada de ver tanto dinheiro e correu para a cidade, dizendo que em sua casa estava um estrangeiro a lhe roubar toda a fortuna.

A polícia, acompanhada de soldados bem armados, dirigiu-se para lá e deu voz de prisão ao príncipe, conduzindo-o para a cadeia, amarrado pelos pulsos, com duas cordas grossas.

Ficou Roberto na cadeia à espera do resultado do processo, quando um dia soube que fora condenado à forca por gatuno.

Quis se defender, mas nada conseguiu.

Como era aquela a sua sina, depressa se resignou.

* * *

Chegando o dia de ser executada a sentença, seguiu o príncipe Roberto para a praça em direção à forca, no meio de uma escolta de soldados de armas embaladas.

São Miguel, que estava na capelinha que o príncipe mandara consertar, virou-se para o diabo e disse:

— Então, agora não estás mais bonito?

— Estou sim — respondeu ele.

— Sabes quem te mandou consertar?

— Sei. Foi aquele honrado príncipe que há tempos passou por aqui.

— Pois fica sabendo que este bom príncipe a esta hora está a caminho da forca, a que foi condenado injustamente. Está todo amarrado, no meio de uma escolta, e daqui a pouco estará morto. Vai defendê-lo.

Quando o diabo ouviu o que São Miguel lhe contou, montou num cavalo preto de crinas de fogo, veloz como um raio, e voou a toda brida para a casa da velha que dera queixa contra Roberto.

Chegando aí, conduziu a bruxa, que confessou o seu crime, dizendo que o príncipe era inocente, e que ela tinha feito tudo aquilo com o fim de se apoderar da riqueza do estrangeiro que lhe tinha pedido pousada.

O rei, sabendo do ocorrido, por intermédio do diabo, imediatamente lavrou ordem de soltura para o príncipe.

Entregou-a ao diabo, que, rápido como o pensamento, foi à praça onde estava levantada a forca, e entregou a absolvição do príncipe ao carrasco.

Já não era sem tempo. Mais dois segundos que demorasse, estaria o príncipe morto.

Roberto foi levado à presença do rei, que lhe perguntou quem era e de onde vinha.

O moço contou-lhe que era filho do rei de um país muito distante dali; que saíra do reino porque sabia que a sua sina era morrer enforcado, e não queria que a sua morte fosse no domínio de seu pai.

O rei ficou penalizado com a história do jovem.

Obrigou a velha a restituir o dinheiro do moço e mandou prendê-la.

Assim que se viu livre e embolsado de seu dinheiro, Roberto continuou viagem.

No meio do caminho encontrou-se com um fidalgo, montado num cavalo muito bonito e ricamente arreado.

O cavaleiro perguntou-lhe para onde ia, ao que respondeu o príncipe que estava correndo terras e não sabia qual o seu destino, nem podia dizer onde ia pernoitar.

E pelo caminho foram andando em direção à capelinha que o príncipe, havia anos, mandara consertar.

Durante a viagem o príncipe contou ao cavaleiro a sua história, como se tinha livrado da forca, mas que tinha a certeza de morrer enforcado porque era aquela a sua sina.

O fidalgo, então, lhe disse:

— E não sabeis quem vos salvou quase na hora da morte?

— Não — disse o príncipe.

— Pois saiba que fui eu. Eu sou a figura daquele diabo que o pintor não quis pintar por não valer a pena, e que ordenaste consertar e pintar. Sabendo do embaraço em que vos acháveis, vim ao vosso encontro. Podeis voltar para vossa terra. A vossa sina está desmanchada; em vosso lugar foi enforcada aquela bruxa que era feiticeira. O encanto está quebrado.

Dizendo isso, o cavaleiro sumiu-se e foi para a sua morada na capelinha.

O príncipe, ao passar pela capelinha, entrou e começou a rezar.

Depois voltou para sua cidade, onde encontrou seus pais, que o receberam com grande contentamento.

Já o rei Edmundo sabia que a sina do seu filho estava desmanchada, porque Joana fora ao palácio contar a história do príncipe Roberto.

I

A PRINCESA DOS CABELOS DE OURO

Quantos séculos decorreram depois da história que vamos narrar, não se sabe, nem pessoa alguma poderá sabê-lo; só se sabe que, por esse tempo, existiu o Reino das Maravilhas, e nele uma jovem tão linda, que nada neste mundo se lhe podia comparar. Chamava-se a Princesa dos Cabelos de Ouro, porque os seus cabelos eram louros, tão louros, que pareciam feitos de raios de sol, e tão grandes e crespos que chegavam aos pés.

CONTOS DA AVOZINHA

O seu nome, porém, era Mirtes.

A princesa andava sempre com os cabelos soltos; tinha uma coroa de flores na cabeça, e usava vestidos bordados a ouro, diamantes e pérolas, de sorte que quem a via ficava logo apaixonado pela sua formosura.

Existia em Gabor, país vizinho, um rei ainda moço e solteiro, chamado Frederico, e possuidor de extraordinária riqueza.

Sabendo da existência da Princesa dos Cabelos de Ouro, conquanto nunca a tivesse visto, ficou apaixonadíssimo, resolvendo enviar um embaixador pedindo-a em casamento. Para isso mandou preparar um carro de ouro, puxado por cavalos brancos, e seguido de mais de cem criados, recomendando que lhe trouxessem a princesa Mirtes, a todo custo.

O embaixador chegou ao Reino das Maravilhas e entregou a mensagem. Mas ou porque nesse dia não estivesse de bom humor, ou aquela comitiva toda não lhe parecesse a ela suficiente para uma princesa tão linda, o fato é que respondeu que agradecia muito ao rei Frederico tão alta distinção, mas que não pensava ainda em casar.

O embaixador saiu da corte muito triste por não regressar com ela para Gabor, voltando com todos os presentes que levara da parte de seu senhor.

Mirtes, que era sensata, sabia que uma moça não deve receber presentes de um rapaz, mas para o rei não tomar essa recusa como ofensa, aceitou apenas uma carta de alfinetes.

Assim que o embaixador chegou à cidade, onde era esperado impacientemente, todo o mundo se afligiu por não haver ele trazido a Princesa dos Cabelos de Ouro; e o rei chorou, sabendo do resultado da embaixada.

* * *

Ora, havia na corte um pajem de beleza extraordinária, tão lindo que era conhecido pelo apelido de Formoso.

Todos o estimavam muito, menos os cortesãos invejosos que se incomodavam com a preferência que lhe dava o rei Frederico, encarregando-o dos seus mais importantes negócios.

Formoso, estando uma vez a conversar num grupo onde se falava da volta do embaixador, criticando sua inépcia em comissão tão melindrosa, sem refletir no que dizia, assim se externou:

— Se o rei me tivesse enviado em embaixada à Princesa dos Cabelos de Ouro, estou certo de que a traria comigo.

Não faltaram alcoviteiros que fossem ao rei e lhe dissessem:

— Saiba vossa real majestade que o pajem se gaba de ser capaz de trazer a Princesa de Cabelos de Ouro, assim que vossa majestade o mande. Considere bem vossa majestade no seguinte: Formoso, com isso, quer ter a pretensão de ser mais belo que o nosso rei, pensando que se a princesa o visse, o amaria tanto que o acompanharia.

O rei ficou desesperado ouvindo tão pérfida intriga, e exclamou:

— Ah! Esse pajem brinca com a minha desgraça! Pois bem: prendam-no na Torre Grande e que o deixem lá até morrer de fome.

Os soldados do rei foram à casa de Formoso, que já nem se lembrava mais do que dissera; arrastaram-no à prisão, e aí fizeram-lhe as maiores atrocidades.

O pobre rapaz só tinha um bocado de palha para se deitar; e teria morrido de sede se não fosse uma pequena fonte que corria perto da torre onde estava preso.

Um dia em que já não podia mais, exclamou suspirando:

— De que se queixa el-rei, meu senhor? Nunca lhe fui infiel, nunca o ofendi. Por que estou preso quase a morrer de fome?

Frederico, por acaso, passava perto da torre. Quando notou a voz daquele que tanto estimava, parou para ouvi-lo, apesar de os vassalos que estavam em sua companhia e que odiavam Formoso dizerem:

— Não lhe dê ouvido, real majestade. Não sabe que Formoso é um tratante?

O rei respondeu:

— Deixem-me, quero ouvi-lo.

Tendo escutado aquelas queixas, as lágrimas subiram-lhe aos olhos. Abriu a porta da prisão e chamou o seu pajem favorito.

Formoso veio muito triste se ajoelhar aos pés do rei, dizendo:

— Que lhe fiz, senhor, para me tratar tão cruelmente?

— Zombaste de mim e do meu infortúnio, dizendo que se te houvesse enviado como embaixador à princesa, trá-la-ias com certeza.

— É verdade — disse Formoso —, eu teria feito a princesa conhecer as qualidades de tão ilustre monarca, e estou persuadido de que ela não recusaria aceitar o meu ilustre rei por esposo. Suponho que isto não é caçoar nem falar mal de vossa majestade.

Frederico achou que não tivera razão para ser tão cruel.

Mandou que lhe tirassem os ferros e levou-o consigo, arrependido da maldade que fizera.

Depois de mandar Formoso jantar em sua companhia, chamou-o aos seus aposentos e lhe disse:

— Ainda amo apaixonadamente a Princesa dos Cabelos de Ouro, e apesar da recusa que tive, não desanimo de vir a me casar com ela. Queres ser meu embaixador?

— Senhor — respondeu o pajem —, estou pronto para cumprir vossas ordens. Se quiserdes, partirei amanhã.

— Amanhã, não — disse o rei. — Quero mandar uma embaixada mais rica do que a primeira.

— Perdoe-me vossa majestade, mas não desejo levar comitiva alguma. Desejo apenas que me mande dar um bom cavalo e as cartas que devo entregar à princesa.

CONTOS DA AVOZINHA

O rei abraçou-o, vendo a disposição com que estava ele de o servir.

No dia seguinte, de manhã, Formoso partiu sem pompa nem ruído, pensando no meio que empregaria para fazer Mirtes dar o sim.

Levava consigo uma pasta, onde havia tudo quanto era necessário para escrever: papel, pena, tinta, lápis etc., e quando vinha a sua cabeça um bonito pensamento, escrevia-o no seu livrinho de notas para o não esquecer e poder dizê-lo à princesa.

Assim procedendo, o fiel pajem pensava apenas na maneira de ser agradável à princesa para ver se ela consentia em se casar com seu amo.

Uma manhã, passando ele por um prado extensíssimo, apeou-se do cavalo em que ia montado, e sentou-se em uma pedra, à margem do rio que atravessava o campo. Admirava a beleza do lugar quando viu uma piaba pular fora da água e debater-se durante alguns segundos.

O pobre peixinho ia morrer quando Formoso o apanhou, atirando-o ao rio.

Assim que a piaba se sentiu outra vez na água, nadou rapidamente para longe da margem, voltando, porém, logo após, para dizer:

— Formoso, agradeço-te muito o serviço que acabas de me prestar. Se não fosses tu, estaria morta. Talvez, algum dia, te pague esta dívida.

Disse e desapareceu.

O pajem ficou admirado de ver um peixe falar, mas não se importou mais com o caso e seguiu viagem.

Em outro dia, viu um corvo perseguido por uma águia.

O corvo voava para um lado e para outro, mas sempre perseguido. Estava prestes a cair no bico do seu inimigo, quando o rapaz que assistia àquela luta apanhou a espingarda e, fazendo boa pontaria, matou a águia.

Vendo-se livre, o corvo fugiu para longe, dizendo:

— Formoso, livraste-me de uma morte certa. Se não fosse o teu socorro, estaria nas garras do meu perseguidor. Nada valho; sou apenas um pobre corvo, mas talvez algum dia possa pagar esta dívida, porque não sou ingrato.

Mais admirado ainda ficou Formoso, vendo um pássaro falar.

Seguiu adiante e já estava muito distante, quando ouviu uma coruja piando desesperadamente.

O pajem disse consigo:

— Eis aí uma coruja que está piando demais. Com certeza caiu em algum laço que caçadores armaram.

Adiantou-se mais e viu uma grande coruja presa numa armadilha colocada no galho de uma árvore.

Tirou da bainha uma faca, que trazia consigo, e cortou o barbante que a prendia.

— Não é necessário, Formoso, fazer discurso para agradecer o bem que me acabas de fazer. Sou uma coruja que para nada presta. Mas se algum dia precisares de mim, estarei pronta para te servir. Talvez ainda te pague este benefício que me fizeste.

Foram estas as três aventuras mais importantes que aconteceram ao jovem pajem Formoso, no trajeto de Gabor até o palácio do Reino das Maravilhas, onde residia Mirtes, a linda Princesa dos Cabelos de Ouro.

II

AVENTURAS DO PAJEM FORMOSO NO REINO DAS MARAVILHAS

Formoso tinha pressa de chegar ao reino da Princesa dos Cabelos de Ouro para dar conta de sua embaixada.

Dois dias depois de sua última aventura, aportava à capital. Pediu que lhe ensinassem onde ficava o palácio, e disseram-lhe:

— Siga por esta rua, em frente, quando chegar ao fim, encontrará uma praça muito grande que tem um chafariz de mármore, o qual, em vez de jorrar água, jorra leite, para os pobres que a princesa manda dar. Em frente a este chafariz fica um palácio muito bonito; é aí que mora a princesa Mirtes.

O pajem seguiu pela rua que lhe haviam ensinado, ficando maravilhado ao chegar em frente ao edifício.

Nunca vira nem mesmo imaginara em sonho um palácio tão bonito. Era grande, todo de mármore cor-de-rosa, com porta e portais de ouro maciço.

Ao redor via-se um gradil de prata lavrada de uma riqueza maravilhosa.

Vestiu-se com a roupa mais rica que tinha e dirigiu-se para o palácio, levando consigo um cachorrinho que comprara à entrada de um bosque a alguns meninos que queriam atirar o animalzinho ao rio.

Como dissemos, Formoso era um lindo rapaz. Apresentou-se aos guardas do palácio da princesa, e dizendo-lhes o que queria, os soldados acharam-no tão bonito e simpatizaram tanto com ele que o deixaram passar.

Lacaios foram avisar a princesa que Formoso, o pajem de um rei vizinho, desejava uma audiência.

Mirtes, ao ouvir o nome do pajem, disse:

— Formoso é um nome que significa alguma coisa; não foi à toa que lhe deram esse nome. Aposto que é um pajem bonito e que me vai agradar.

— É verdade, princesa — disseram as damas de honra. — É um rapaz de uma beleza extraordinária. Nós o vimos através das persianas e ficamos tão admiradas da sua beleza, que não saímos da janela enquanto ele falava com os guardas do palácio.

Mirtes mandou então buscar o seu vestido mais rico, e depois de desatar os seus cabelos louros da cor do sol, foi sentar-se no trono, dizendo:

— Quero que esse pajem tão bonito diga que sou verdadeiramente a Princesa dos Cabelos de Ouro.

As damas estavam com tanta curiosidade de ver Formoso, que não sabiam mais o que faziam.

A princesa, depois de pronta, sentou-se no trono e mandou que começassem a tocar vários instrumentos e cantassem baixinho, de modo que não interrompessem a conversa.

Conduziram Formoso à sala das audiências, e ele, ao entrar, ficou admirado, tão admirado de ver uma moça tão linda, a ponto de perder a voz. Encorajando-se, adiantou-se um pouco, e comunicou à princesa o fim de sua embaixada.

— Formoso — respondeu ela —, todas as razões que me dás para me casar com teu rei são muito aceitáveis, e eu aceitaria de bom grado se não fosse o seguinte: há um mês, indo eu tomar banho no rio, sem saber como, por descuido mesmo, caiu dentro d'água o anel que trazia ao dedo, com um enorme brilhante. A perda desse anel foi para mim maior que a do meu trono. Fiz um juramento de não aceitar proposta alguma de casamento, se o embaixador que para isso viesse ter comigo não trouxesse o meu anel. Vê, portanto, o que te compete fazer. E não há nada neste mundo que me faça mudar de resolução.

Formoso ficou admirado de ouvir tal juramento e retirou-se para casa muito triste, sem saber que fazer.

Dizia o pobre rapaz:

— Onde irei achar tal anel, e como posso encontrá-lo no fundo do rio? A princesa inventou esse juramento para me colocar na impossibilidade de obter o pedido de sua mão para o rei Frederico. É até uma loucura empreender encontrar uma joia que caiu no rio.

O cachorrinho, que se chamava Sultão, lhe disse:

— Meu senhor, não desespereis assim de vossa fortuna; tendes sido muito bom, para não serdes feliz. Vamos amanhã cedinho à beira do rio.

Formoso afagou o animalzinho e nada respondeu.

Sultão, assim que rompeu o dia, tanto gritou, tanto latiu, que acordou o amo e lhe disse:

— Meu amo, vesti-vos e vamos até ao rio.

O rapaz vestiu-se e caminhou insensivelmente para a margem do rio. Passeava muito triste, pensando como fazer a vontade da princesa, e já planejando o dia de sua partida, quando ouviu uma voz que dizia:

— Formoso, Formoso!

Olhou para todos os lados e não viu pessoa alguma.

Pensou que fora uma ilusão e começou a passear quando ouviu de novo:

— Formoso, Formoso!

— Quem me chama? — disse ele.

Imediatamente apareceu a piaba, que lhe disse:

— Salvaste-me a vida, Formoso, um dia à beira de um rio, muito longe daqui. Prometi pagar essa dívida. Aqui tens o anel da Princesa dos Cabelos de Ouro.

O pajem abaixou-se, apanhou da boca do peixe o anel, agradecendo muito.

Em vez de voltar para casa, dirigiu-se imediatamente ao palácio da princesa, com Sultão, que estava muito satisfeito de ter convencido a seu senhor ir até a beira do rio.

Disseram à princesa que o jovem pajem pedia para lhe falar.

— Coitado. O pobre rapaz — disse ela — veio se despedir de mim, pois viu que o que eu quero é impossível, e vai dizer isso ao seu rei.

Fizeram entrar o pajem, que disse:

— Princesa aqui está o seu anel, portanto, cumprida a sua ordem. Quer agora receber meu rei por esposo?

Quando Mirtes viu o anel, ficou tão admirada que pensava sonhar.

— De fato é preciso que sejas protegido por alguma fada, porque sozinho não acharias esta joia.

— Princesa, não conheço nenhuma fada, porém, o desejo que tenho de a obedecer é grande.

— Já que tens vontade de me servir, faze-me outro serviço, sem o que não me casarei. Há um príncipe vizinho do meu reino que tem vontade de casar comigo. Fez-me sabedora disso por meio de ameaças temíveis de que se não me casar com ele desgraçará meu reino. Assim, qualquer dos meus vassalos que entra no seu país logo é morto e comido por ele. Este príncipe é o gigante Baltazar, tão alto como a mais alta torre. Quando vai à caça, serve-se de canhões como se fossem pistolas. É o meu maior inimigo, por isso se queres que me case com o teu rei, vai matá-lo e traze-me a sua cabeça.

Formoso amedrontou-se ouvindo tanta coisa de um gigante e mais ainda quando a princesa comunicou querer que ele trouxesse a cabeça do seu inimigo.

Ficou muito tempo pensativo e depois disse:

— Pois bem, princesa, eu vou combater com Baltazar. Com certeza morrerei, porém, serei um herói.

Arranjou armas e partiu em direção ao palácio do gigante.

Em caminho, todos que encontrava diziam-lhe que desistisse da empresa.

Tanto falaram do gigante, contaram tantos horrores, que Formoso já estava desanimado.

Nisso, disse o cachorrinho:

— Meu amo, vá sem susto. Eu mordo-lhe os calcanhares, e quando o gigante se abaixar para ver o que é, meta-lhe a espada.

Enfim, chegou perto do palácio de Baltazar, onde encontrou ossos, caveiras de corpos humanos, que tinham sido devorados por ele.

Começou a ouvir um estrondo que mais parecia uma trovoada:

— Onde estão os pequenos para eu trincar nos dentes?

Era o gigante que parecia mais alto do que as árvores.

Formoso respondeu:

— Aqui estou eu para com minha espada quebrar teus dentes.

Quando Baltazar ouviu aquilo, olhou para todos os lados e viu o pajem mais baixo que os seus joelhos. Arremessou com fúria uma bengala de ferro muito grossa, que trazia consigo, como se fosse uma varinha, e teria esmagado Formoso se nessa ocasião não aparecesse um corvo, que, com o bico, lhe furou os olhos. Este, ao sentir a dor, e vendo-se cego, começou a bater a torto e a direito sem nada conseguir.

Formoso começou a ferir as pernas do gigante, que cada vez mais se enfurecia.

Tanto sangue perdeu o gigante que, afinal, caiu por terra; e Formoso, aproveitando, cortou-lhe a cabeça para levá-la à princesa.

O corvo, que fora se empoleirar numa árvore, assim que viu o gigante sem cabeça, dirigiu-se ao pajem desta maneira:

— Não me esqueci do serviço que me fizeste há tempos, salvando-me das garras de uma águia. Não te lembras, Formoso? Agora estamos pagos.

— Eu é que te devo ainda, corvo — disse o pajem. — Se não fosses tu, estaria agora reduzido a migalhas.

Montou a cavalo levando na garupa a cabeça do gigante.

Assim que o pajem entrou na cidade, o povo começou a gritar:

— Venham ver o bravo Formoso que matou o gigante Baltazar.

A princesa, ouvindo aquela enorme gritaria, pensou que vinham lhe comunicar a morte do pajem.

Ficou admiradíssima ao saber que trazia a cabeça do gigante.

Formoso lhe disse:

— Agora, princesa, nada lhe resta senão consentir em desposar o meu amo, o poderoso rei Frederico, já que o vosso inimigo está morto.

— Consentirei em ser a esposa do teu rei, intrépido e corajoso pajem. Para isso é preciso, no entanto, que me prestes um último serviço. Desde já te previno que é o mais arriscado de todos. Queres assim ou preferes dizer ao teu rei que nada conseguiste?

— Princesa, já que comecei, irei até ao fim — disse Formoso. — Falai, que estou ao vosso serviço.

— Pois, então, ouve.

III

NOVAS FAÇANHAS DO PAJEM FORMOSO

— Consentirei em me casar com o príncipe Frederico se me trouxeres um pouco de água da Gruta Tenebrosa. É uma gruta que existe perto

FIGUEIREDO PIMENTEL

daqui, com dez léguas de circunferência; sua entrada é guardada por dois dragões que impedem a aproximação de qualquer mortal, deitando fogo pela boca e pelos olhos, de sorte que não pode escapar da morte quem se aventura a ali penetrar. Quando se desce à gruta, vê-se a duzentos passos um único buraco, que é ao mesmo tempo entrada e saída. Esse buraco, está cheio de serpentes, cobras, lacraias, em suma, toda espécie de bichos venenosos. No fundo dele é que está a "Fonte da Beleza e da Saúde". É essa água que eu quero. Quem se lavar com ela se é velho, fica moço; se é doente, são; se é feio, torna-se bonito, e se é bonito, torna-se lindo como os amores. Compreendes, Formoso, que não posso deixar o meu reino sem ter essa água. Vai e traze-me um frasco cheio dela.

— Princesa — disse o pajem —, sois tão bela, que esta água vos é inútil. No entanto, seja feita a vossa vontade; irei buscar o que desejais, embora na certeza de não voltar.

A Princesa dos Cabelos de Ouro não mudou de resolução, e o pajem partiu no dia seguinte em direção à gruta.

Sabendo do destino que levava, dizia toda a gente:

— É pena que um moço tão bonito, tão amável, vá à Fonte dos Dragões. Nem que fossem mil soldados, cada qual mais valente, lá ficariam, quanto mais ele, que vai só. Para que anda a Princesa a pedir o impossível?

O pajem, entretanto, caminhava sempre. Chegando ao alto de uma montanha, sentou-se para descansar. Deixou o cavalo pastando, e o Sultão começou a perseguir alguns pássaros. Formoso sabia que a gruta era por ali perto, e olhava para ver se distinguia alguma coisa.

Descobriu afinal um rochedo, negro como tinta, de onde saía fumaça. Após dois minutos, viu um dragão que deitava fogo pelas goelas, com o corpo malhado de preto e amarelo, e uma grande cauda que se enroscava numa infinidade de voltas.

O cachorrinho latiu, assim que avistou tão medonho bicho, e não sabia onde se esconder, tanto era o medo que tinha.

O pajem, estando resolvido a morrer, apanhou a garrafa que a princesa lhe dera para encher. Com a outra mão segurou na espada, dirigiu-se para a entrada da gruta e disse ao cãozinho:

— Tudo está acabado para mim. Nunca poderei apanhar esta água, guardada por dois dragões. Quando eu morrer, meu leal Sultão, enche a garrafa com o meu sangue, e leva-a à princesa, para que ela veja quanto custou o seu capricho. Volta em seguida para o reino do nosso senhor e conta-lhe a minha desgraça.

Havia apenas acabado de proferir tais palavras quando ouviu:

— Formoso, Formoso!

— Quem me chama? — indagou. Olhando em torno, viu por acaso no buraco de uma velha árvore uma coruja, que lhe disse:

CONTOS DA AVOZINHA

— Há tempos livraste-me de um laço que caçadores me tinham armado. Salvaste-me a vida. Quero te pagar essa dívida. Dá-me a garrafa que irei buscar a água da "Fonte da Beleza e da Saúde".

Formoso deu-lhe e, em menos de um quarto de hora, viu a coruja de volta com o vaso cheio.

Montou a cavalo e apressadamente cavalgou para o palácio da princesa, depois de agradecer muitíssimo ao pássaro aquele favor que lhe fizera, livrando-o da morte.

Apresentou à moça a garrafa; e ela, agradecendo, deu ordem para que se preparasse tudo para a sua viagem.

* * *

No entanto, a princesa achava Formoso cada vez mais amável, e dizia:

— Se quisesses eu te teria feito rei, e não teríamos partido do nosso reino.

— Nem por todos os reinos da terra, eu seria capaz de trair meu amo, conquanto vos considere mais linda que o sol.

Passados alguns dias, a comitiva chegou, enfim, à grande cidade do rei Frederico, que, sabendo da vinda da Princesa dos Cabelos de Ouro, foi ao seu encontro, levando os mais belos e ricos presentes do mundo.

Semanas após, casou-se o rei com a princesa. A moça, entretanto, que amava Formoso do fundo de seu coração, só estava satisfeita quando o via, e vivia sempre a louvá-lo.

— Eu não seria tua esposa, Frederico, se não fosse Formoso, que fez coisas impossíveis. Por minha causa deves ser-lhe grato. Se não fosse a sua intrepidez, eu não possuiria a água da Beleza, por meio da qual nunca envelhecerei, e serei eternamente bela.

Os intrigantes, que ouviram a rainha, disseram um dia ao rei:

— Vossa real majestade não é ciumenta, e tem contudo bastante motivos para o ser. A rainha gosta tanto de Formoso, que não come no dia em que não o vê. Elogia-o a todo momento; diz que lhe deves muitas obrigações; que ele é um herói, como se outro qualquer que fosse designado para a embaixada não fizesse tanto como ele.

— Na verdade, previno-me a tempo. Prendam-no na torre com ferros nos pés e nas mãos — ordenou ele.

Os intrigantes e invejosos, que não viam com bons olhos as atenções e honras que os soberanos prestavam a Formoso, apressaram-se em cumprir a ordem real.

Encerrado nos lôbregos e úmidos subterrâneos da torre, Formoso vivia isolado e esquecido, exceto pelo carcereiro que, assim mesmo, lhe atirava por um buraco um pão duro e lhe dava água numa caneca de ferro.

Todavia, Sultão, o seu fiel cão, não o abandonou.

Todos os dias vinha visitá-lo, e contava-lhe as novidades ocorridas no palácio.

Quando a princesa soube da desgraça que acontecera ao pajem, lançou-se aos pés do rei, pedindo o perdão do corajoso mancebo. Frederico, porém, enfurecido pela proteção de sua mulher ao pajem, maltratava cada vez mais o pobre moço.

Torturado de ciúmes, julgando que não era bonito a ponto de não saber fazer-se amar pela esposa, o rei resolveu lavar o rosto com a preciosa água da Fonte da Beleza, que se achava numa garrafa sobre a toalete da rainha, onde ela própria a guardava, para melhor a vigiar.

Aconteceu, porém, que uma das criadas, indo uma vez espanar o lavatório, desastradamente atirou a garrafa ao chão, quebrando-a, e perdendo assim todo o precioso líquido.

Amedrontada, foi aos aposentos do rei Frederico, apanhou uma garrafa em tudo semelhante à que quebrara e substituiu-a.

A água que essa outra encerrava tinha a particularidade de matar a pessoa que lavasse o rosto com ela.

Frederico, que não sabia da troca feita pela criada, lavou-se na água e morreu pouco depois.

O cãozinho, assim que soube da morte do rei, chegou perto da rainha e disse-lhe:

— Linda rainha, não vos esqueçais do pobre Formoso.

A rainha, lembrando-se das penas e maldades que por sua causa o pajem sofrera, correu à torre, e com as suas próprias mãos tirou os ferros que torturavam o pajem. Depois, colocando-lhe uma coroa de ouro sobre a cabeça e o manto real sobre os ombros, exclamou:

— Vem, amável Formoso, faço-te rei e tomo-te para meu esposo.

Os invejosos e perversos cortesãos que tanto haviam intrigado o ex--pajem condenados à pena última, e subiram à forca.

Um ano depois, findo o luto, a Princesa dos Cabelos de Ouro celebrava o seu casamento com o valente Formoso, realizando-se imponentes festejos, que duraram sete noites, toda uma semana de folguedos, luminárias, bailes públicos, espetáculos gratuitos e mil festejos diversos.

O PEIXE ENCANTADO

Roberto era muito trabalhador e serviçal. Sempre que alguém precisava dos seus serviços, prestava-os de boa vontade, sendo por esse motivo estimadíssimo por toda a gente que o conhecia. Tinha ele três filhas, cada qual mais bonita, principalmente a mais moça, de beleza extraordinária, chamada Marocas.

A pobre família vivia da pesca que o homem fazia todas as madrugadas, indo, durante o dia, vender o peixe pelas ruas da cidade próxima.

O seu único sustento e de toda a sua numerosa família era a pesca. Parte da noite, até romper a manhã, Roberto passava pescando. Durante o dia, ia vender o peixe de casa em casa. À tarde tratava da canoa, das linhas e das redes.

Feliz no seu negócio, trazia sempre a canoa cheia de peixes grandes e bons.

Um dia lançou a rede ao mar e nada trouxe.

Lançou-a outra vez, e só vieram peixinhos pequeninos que nada valiam.

No dia seguinte, aconteceu-lhe o mesmo que na véspera. Deitou a rede diversas vezes; e, nada tendo conseguido, ia voltar para casa, desolado, pensando que naquele dia sua família não teria o que comer.

De súbito, ouviu uma voz que partia do mar:

— Roberto, terás muito peixe, se me prometeres trazer o que avistares, assim que chegares a casa!

O pescador respondeu que daria, pois sempre que chegava à praia, encontrava a cachorrinha de Marocas, que ia esperá-lo, latindo e saltando alegremente.

Tendo-o prometido, os peixes começaram a saltar para a canoa, e ele nesse dia obteve muito dinheiro com a sua venda.

* * *

De volta, o pobre velho ia quase abicando à praia, contentíssimo por ter dinheiro para dar à família, quando ao olhar para a terra viu sua filha mais moça, Marocas, justamente aquela por quem tinha maior predileção.

Ficou desesperado, aturdido, triste, lembrando-se da promessa; chegando a casa contou à família o que se tinha passado.

Quando acabou de falar, a menina respondeu:

— Meu pai, não chore por tão pouco. Eu vou, e estou certa de que é para meu bem. Com certeza serei muito feliz, e ademais minha família terá sempre com que se sustentar.

Roberto, vendo como a filha se sacrificava por ele de tão boa vontade, ficou menos pesaroso. No dia seguinte, pela madrugada, embarcou com ela na canoa de pesca.

Assim que chegou ao lugar onde ouvira a voz, as águas se separaram um pouco, e o pescador atirou Marocas, que desapareceu imediatamente.

Voltou para terra com a canoa cheia de peixes, sem ter sido preciso lançar a rede.

A moça foi ter a um palácio no fundo do mar, habitado pelo Rei dos Peixes, que fora quem havia falado ao pescador.

Encontrou aí tudo quanto lhe era necessário: salas e quartos mobiliados, vestidos riquíssimos e joias de subido valor.

Entre essas joias havia um anel de brilhante, muito rico, com uma dedicatória feita pelo soberano dos peixes.

Contudo, apesar de tudo isso, Marocas vivia tristíssima, porque não via pessoa alguma, principalmente os seus.

O serviço da casa era feito por encanto, pois nunca vira um ser vivente no palácio, e os objetos estavam sempre em ordem.

Depois de já habituada àquela solidão, uma noite, quando estava deitada, a formosa Marocas ouviu um ruído.

Sentiu-se receosa, assustada, esperando ver entrar algum monstro, algum bicho que viesse matá-la.

Sossegou, porém, ao ver entrar um enorme peixe, com uma coroa de ouro na cabeça.

Era o Rei dos Peixes. Entrou silencioso, quase sem fazer barulho, andando naturalmente em seco como se estivesse na água.

O rei entrou, e, logo após, saiu, aparecendo aos olhos deslumbrados da jovem um moço elegante e lindo, ricamente vestido à moda da corte, com trajes de gala, que bem indicavam o seu nascimento real. Sempre calado, aproximou-se da moça e pôs-se a contemplá-la, enleado, maravilhado.

Marocas disse-lhe então:

— Príncipe, por que não vieste há mais tempo?

— Porque receei que, vendo um peixe tão feio, tivesses medo. Se vim hoje admirar tua beleza, foi porque julgava que dormias.

Desde esse dia, Marocas e o Rei dos Peixes viveram juntos completamente felizes. O serviço do palácio continuava a ser feito por encanto. O único ser vivo que a moça via era o Rei Peixe e sempre nessa figura.

Apenas uma vez, de sete em sete dias, deixava aquela aparência, para vir a ser o príncipe, encantador, divinamente belo, que era em verdade.

Estavam casados havia já um ano, quando uma vez Marocas lhe rogou, suplicou, insistentemente, que a deixasse ir ver sua família.

— Podes ir — respondeu o príncipe —, mas com a condição de só te demorares lá uma semana. Quando quiseres voltar, põe este anel no dedo, que imediatamente estarás aqui.

E deu-lhe um anel de aço.

A moça pôs num baú muita roupa e presentes que levou à sua família, e no dia seguinte, quando o velho Roberto veio pescar, apareceu na canoa e foi com ele para a terra.

Em casa ficaram todos muito alegres ao vê-la, e sua mãe e suas irmãs começaram a indagar como vivia ela; se estava satisfeita; se o noivo era bonito.

Marocas respondeu que julgava que era, mas que não garantia, pois só via o príncipe de noite.

Lembraram-lhe, então, a conveniência de levar para o fundo do mar um pedaço de vela, para ver se o rei de fato era bonito.

A jovem concordou. Ao sexto dia, chegando ao palácio, não dormiu à noite, esperando que o príncipe adormecesse primeiro que ela.

Assim que o ouviu ressonar, saiu da cama, com a vela, e foi se certificar da beleza do noivo. Tendo, porém, chegado a vela muito perto, deixou cair um pingo de sebo no peixe. Ficou trêmula de medo, receando que ele acordasse, e com o tremor, derramou mais outros pingos, os quais se transformaram em chagas.

O Peixe-Rei acordou, sofrendo horrivelmente, e exclamou:

— Foste tu a causa destas chagas. Se quiseres viver comigo, tens que me procurar num lugar muito distante daqui, chamado "Pico do Amor".

Assim que o peixe acabou de dizer essas palavras, desapareceu por encanto, e Marocas viu-se num lugar deserto, em meio de uma mata virgem.

Começou a caminhar muito triste; e, como estava fatigada, sentou-se debaixo de uma árvore, e ouviu esta conversa.

— O Rei dos Peixes está muito mal e ninguém pode pô-lo bom, porque não sabem qual é o remédio necessário.

Disse outra voz:

— Nada mais fácil, basta apanhar três de nós, torrar-nos e colocar esse pó nas feridas.

Disse uma terceira voz:

— Ai de nós, se souberem disso!...

A moça levantou-se para ver onde estavam as pessoas que assim falavam.

Ficou admirada quando viu três andorinhas, que conversavam no alto de uma árvore.

Armou um laço, apanhando-as imediatamente, torrou-as, guardando cuidadosamente o pó.

Continuou a andar, até que chegou finalmente ao "Pico do Amor", por onde se entrava para o palácio do Rei dos Peixes.

Soube que ele estava quase para morrer e pediu que a deixassem falar com o rei, o que os criados não consentiram. Não desanimou.

Insistiu outra vez, tanto, que conseguiu mandar-lhe um prato de mingau.

O príncipe começou a comê-lo, e quando pôs a segunda colherinha na boca, sentiu que havia um caroço misturado no mingau.

Foi ver o que era, e reconheceu o anel que tinha dado à filha do pescador.

Ordenou que trouxessem a mendiga ao quarto e reconheceu a moça.

Dias depois já estava restabelecido, graças ao remédio das andorinhas que Marocas trouxera.

Voltaram ao Palácio do Mar, apanharam todas as riquezas e foram morar em terra.

Mandaram buscar o pescador Roberto e sua família, e casaram-se dias depois.

O príncipe desencantou-se de uma vez e nunca mais se transformou em peixe.

O PÁSSARO MAVIOSO

Sebastião nascera de pais opulentos. Desde a mais tenra infância vivia no meio de grande esplendor, só vestindo seda, gorgorão, veludo, rendas finas; deitava-se em berços riquíssimos e luxuosos; tinha à sua disposição toda a sorte de brinquedos. No entanto, a natureza fê-lo cretino, pateta, bobo.

Aos oito anos, começou a frequentar bons colégios e a aprender com professores célebres. Contudo, nunca perdia o ar de tolo que tinha desde criança.

O sr. Leocádio, seu pai, resolveu um dia mandá-lo viajar para ver se ele assim conseguia melhorar.

Uma manhã, Sebastião saiu de casa com bastante dinheiro nas algibeiras e começou a correr terras.

Depois de viajar algum tempo, foi ter a uma cidade onde estavam fazendo leilão de um pássaro que todo o mundo porfiava para ver se o arrematava.

Indagando Sebastião por que motivo naquela terra um passarinho custava tão caro, disseram-lhe que todo mundo desejava possuir aquele, porque, quando ele cantava, todos que o ouviam adormeciam no mesmo instante.

Em vista disso, o moço lançou elevada quantia e ficou com o pássaro.

Prosseguindo na viagem, foi ter a outra cidade, onde se estava vendendo um besouro que já estava por elevadíssimo preço.

Sebastião aproximou-se de um dos homens que estavam no leilão e perguntou:

— Qual é a preciosidade desse besouro para se pedir tão caro por ele?!...

— É que ele invisivelmente faz tudo quanto a gente mandar, e é capaz de arrombar uma porta por mais forte que seja.

O moço arrematou o besouro e seguiu adiante.

Chegando a outro país, viu outro leilão, onde toda a gente oferecia grandes somas para ver se arrematava um ratinho.

Inquirindo da vantagem de semelhante animal, disseram-lhe que aquele rato tinha a particularidade de fazer tudo o que se lhe mandava,

CONTOS DA AVOZINHA

e, além disso, era capaz de furar paredes sobre paredes, sem ser pressentido.

Achando que esta terceira preciosidade poderia convir-lhe mais tarde, o rapaz arrematou o ratinho e levou-o consigo.

Ao cabo de muitas semanas de jornada chegou por fim a um reino, onde viu imensa multidão fazendo caretas em frente à janela onde estava a princesa Carlota, filha do rei.

Perguntando o que significava aquele povo parado a fazer gatimonhas, responderam-lhe que intentavam ver se conseguiam fazer a princesa rir; explicaram-lhe que ela, desde que nascera, nunca se rira; e que se casaria com quem o conseguisse, segundo promessa do rei.

Sem se importar com aquela sorte, Sebastião dirigiu-se para baixo das árvores, que ficavam em frente ao palácio, apeou-se do cavalo, e pendurou a gaiola do pássaro num galho.

Ia sentar-se, para descansar, quando se dirigiu para os animais, dizendo:

— Agora, mestre rato, vá buscar água para o cavalo, e tu, besouro, traze capim.

Os dois bichinhos foram fazer o que lhes mandava seu amo. Assim que a princesa viu o besouro trazendo capim para o cavalo, desandou em gostosa gargalhada.

As pessoas que se achavam debaixo da janela começaram a dizer:

— Fui eu quem fez a princesa rir.

— Fui eu — dizia outro.

E cada qual se julgava ser o único causador de tão grande acontecimento, esperando em vista disso casar-se com a interessante Carlota e vir a reinar por morte do velho monarca.

O rei, admirado, e ao mesmo tempo para não ter dúvidas, perguntou à filha quem tinha sido o autor daquele assombro.

— Foi aquele homem — disse a princesinha — que está sentado embaixo da árvore, com uma gaiola e outros bichos mais.

Sua majestade imediatamente ordenou que Sebastião viesse à sua presença e comunicou-lhe que tinha de se casar com a princesa.

O moço ficou espantado, por não esperar por aquilo, e como sabia que a vontade do rei havia de ser cumprida, teve de se casar.

Na noite do casamento, mostrou-se ele muito acanhado. A princesa, desconfiando ser pouco caso que o rapaz lhe mostrava, no dia seguinte foi dizer ao rei que estava enganada, que não fora aquele, e sim outro, o homem que a fizera rir.

Anulou-se o casamento com Sebastião, e fez-se com outro.

Na noite do casamento, tendo voltado Sebastião para debaixo da árvore, calculando a hora em que os noivos deviam ir para o quarto, falou para o passarinho:

— Canta, rouxinol!...

O pássaro abriu o bico, e todos no palácio ferraram no sono.

O rapaz dirigiu-se ao besouro:

— Agora, entra tu no quarto dos noivos, desarruma tudo e faze lá dentro uma mixórdia.

O besouro fez a sua obrigação melhor do que se pode imaginar.

Ao outro dia, quando a princesa viu aquela desordem, ficou muito contrariada, e foi-se queixar ao rei que aquele não era o homem que ela supunha, e que queria desmanchar o casamento.

O rei ficou aborrecido, e disse-lhe que esperasse mais alguns dias para ver.

Na noite seguinte, depois de todos novamente dormirem com o canto do pássaro mavioso, Sebastião mandou o rato desmanchar tudo quanto houvesse no quarto da princesa.

O rato ainda fez melhor que o besouro; pôs tudo numa desordem impossível.

Carlota, a princesa, ao acordar, vendo tudo aquilo, foi dizer ao pai que não havia mais dúvida, que o seu primeiro marido era o verdadeiro.

Sebastião foi chamado e ficaram os dois casados, tornando-se ele um moço desembaraçado, bem falante, conversador, espirituoso e inteligente. Desde esse dia ambos vivem felicíssimos, e nunca mais se queixou a formosa princesa do pouco caso que lhe ligava seu marido.

JOAQUIM, O ENFORCADO

Ter um ofício qualquer que seja ele, por mais rude que possa parecer, mesmo o mais brutal e pesado, é a melhor coisa que pode haver. É por isso que o Positivismo, a bela e nobilíssima religião da Humanidade, fundada pelo imortal filósofo Augusto Comte, exige dos seus adeptos que aprendam um ofício, que tenham uma profissão, uma arte manual. Devia até ser obrigatório a todos os cidadãos.

Ora, ouçam o que sucedeu a três irmãos: João, José e Joaquim.

Vivendo numa cidade antiga, há muitos e muitos anos passados, o mais velho, João, aprendeu para ferreiro, José para carpinteiro, e Joaquim para barbeiro.

Quando já se achavam mestres em seus ofícios, os dois primeiros solicitaram do pai licença para irem ganhar a vida, e lhe pediram a bênção à hora da despedida.

Joaquim quis também ir correr mundo; mas, em vez de bênção, que não lhe encheria a barriga, disse o perverso e mau rapaz, em tom zombeteiro, que queria a pequena herança que lhe coubera por morte de sua mãe.

Por isso foi castigado. Quando saiu de casa, ao transpor a porta da rua, deu uma topada tão forte que lhe arrancou uma unha. Foi esse o primeiro contratempo que teve.

Enfurecido, vendo estrelas ao meio-dia, cego com a dor, exclamou:

— Diabos te levem, porta do inferno!...

CONTOS DA AVOZINHA

Ouvindo-o, o pai retorquiu-lhe:

— É no inferno mesmo que hás de ir parar um dia, filho desnaturado! Joaquim respondeu com mau modo e partiu em busca de João e José, seus irmãos.

Depois de haver andado por muitas cidades, indagando sempre se não tinham visto dois irmãos, um ferreiro e outro carpinteiro, sem que ninguém soubesse lhe dar notícias deles, já estava desanimado de os encontrar quando chegou, uma vez, a uma grande capital.

Como já era tarde, foi dormir na guarda do Tesouro, tendo pedido licença ao sargento comandante. Sucedeu, porém, que nessa noite os ladrões arrombaram as portas para roubar o dinheiro que ali havia.

Sendo pressentidos, foram presos, e também Joaquim foi tomado como cúmplice deles.

Não tendo naquela cidade quem o conhecesse, o rapaz escreveu a seu pai, mas este não lhe respondeu, justamente queixoso com as ingratidões e infâmias daquele malvado filho, indigno e desrespeitador.

Achando-se Joaquim no cárcere, cumprindo sentença, aconteceu que o ferreiro da cadeia onde estava o irmão precisasse de um oficial do mesmo ofício, e João se apresentou como ferreiro, e foi aceito, começando a trabalhar logo na forja.

Como era bom oficial e muito hábil, dentro em pouco tempo passou a contramestre.

Mais tarde precisou-se de um carpinteiro, e José ofereceu os seus serviços.

No dia em que Joaquim dava entrada na cadeia, preso, escoltado por seis soldados, João e José, usando da grande consideração com que eram tratados pelo administrador das prisões, por serem ótimos oficiais e homens honrados e dignos, foram empenhar-se com o rei para soltar o irmão, alegando que ele era inocente.

Sua majestade não lhes atendeu o pedido, e o mais moço foi condenado à forca, ao passo que os verdadeiros ladrões que haviam arrombado o Tesouro foram absolvidos, recaindo toda a culpa, por uma dessas fatalidades inexplicáveis, um desses erros muito comuns na justiça de todos os países, sobre o inocente.

No dia da execução, na praça pública, quando Joaquim já estava quase a ser enforcado, chegou um cavaleiro a toda a brida, gritando que suspendessem tudo. Dirigiu-se ao palácio do rei e disse-lhe:

— Venho para que atendas ao pedido que te fizeram os irmãos daquele inocente, e isso o quanto antes senão morrerás, e Joaquim ficará com o teu reino.

O rei, pasmado com tamanha audácia, e ao mesmo tempo encolerizado, bradou:

73

— Quem és tu, homem atrevido, que vens ao meu palácio para ordenar coisa que não quero fazer? Vai-te embora, senão mando-te fazer companhia àquele pobre diabo que a esta hora já deve estar enforcado.

O cavaleiro, que era o diabo, soltou estridente gargalhada. Em seguida encostou um dedo na fronte do rei, que tombou fulminado, como se fosse um raio que lhe tivesse caído em casa.

Ficou o ex-preso, pois, com a coroa, e João e José tornaram-se vassalos de seu irmão.

Essa notícia correu mundo e chegou até aos ouvidos do pai de Joaquim, que, quando soube que o seu filho era rei de um grande e opulentíssimo país, se dirigiu ao palácio, pedindo-lhe perdão pelo que tinha dito, quando saíra de casa.

Joaquim respondeu:

— Fique sabendo, meu pai, que passei por grandes aflições — disse o rapaz. — Estive preso por ladrão, e quase fui enforcado; vi a morte de perto, e quem me salvou foi o diabo. Quem o há de valer nos mesmos perigos será minha mãe. Por isso quero que a traga aqui, sob pena de mandar enforcá-lo.

O velho, humilhando-se, respondeu cheio de medo:

— Ah! Rei, senhor e caro filho. Tua mãe eu mandei matar por três crianças. Quem te amamentou foi uma vaca, que hoje pertence ao Rei das Chamas e está no Campo das Feras.

— Não quero saber disso. Quero já e já, sem demora, minha mãe e mais a vaca que me amamentou.

O velho retirou-se do palácio, muito triste, quando encontrou um cavaleiro que lhe perguntou por que motivo ia ele tão aflito.

O pobre homem narrou o que acabava de lhe suceder, chorando amargamente porque sabia que ia ser condenado à morte.

— Pois eu vou te ensinar o remédio de alcançares o que desejas. Quando tiveres percorrido os três rios deste país, distantes um do outro mil léguas, encontrarás o que queres.

O pai de Joaquim ficou espantado, ouvindo o que lhe dizia aquele desconhecido. Quis indagar de que maneira conseguiria tamanho impossível, mas não teve tempo, porquanto o misterioso cavaleiro deu de esporas ao cavalo, partindo na disparada, rápido como um relâmpago.

Lembrando-se de que tinha fatalmente de fugir, para ver se conseguia escapar dos furores do novo rei, resolveu seguir o conselho do cavaleiro, pois tanto lhe fazia ir para um como para outro lado, e era bem possível que tivesse lidado com Satanás, e assim viesse a ser bem-sucedido.

Pôs-se, então, a caminho, no mesmo instante, e tão depressa viajou, que, ao fim de três dias, chegou à margem do primeiro rio.

Não podendo atravessá-lo, por já ser escuro, e não ter canoa, ou qualquer outro meio de transporte, dispôs-se a passar aí a noite. Entrou num buraco ou gruta, cavado na ribanceira, e deitou-se.

Ora, era nesse lugar que os diabinhos se reuniam, à meia-noite, para se comunicarem as bruxarias que faziam pela Terra, antes de se retirarem para o Inferno. Julgando-se a sós, puseram-se a conversar.

O diabo, que era o mais velho, perguntou a um deles:

— Capenga! Que fizeste hoje?

— No Reino das Chamas, fiz uma mulher ter três filhos gêmeos, porque sabia que o marido havia de matá-la.

Os outros diabinhos, cada um por sua vez, contaram então as suas proezas.

Pela madrugada findou-se a sessão; e o velho, que não tinha dormido, levantou-se do lugar onde estava e continuou a viagem.

Andou quinhentos dias e, no fim desse tempo, encontrou o segundo rio. Deitou-se à margem para dormir, por ser noite fechada e não poder atravessá-lo.

À meia-noite chegaram Fadas, em vez de demônios, que ali se reuniam em certos dias do ano, em numerosa assembleia.

Sentaram-se, e a mais velha propôs:

— Vamos contar os nossos feitos pela Terra.

Uma delas tomou a palavra.

— Eu fiz um rei deserdar a filha do trono.

— Eu encantei o Reino das Maravilhas — disse outra —, e só o desencantará João, o Ferreiro, que é vassalo do irmão.

— Eu — retorquiu a terceira — encantei a Cidade do Amor, que será desencantada por José, o Carpinteiro.

— Eu, o Reino das Chamas, que só desencantará Jorge, pai dos três felizes, que hão de ser reis, mas só depois de andar mil semanas. Terá que passar três dias debaixo d'água, e ser comido pela serpente. Depois de tudo isso, será, então, feliz — falou a última fada, dando-se assim por terminada a sessão.

O velho estava mais morto do que vivo por ouvir que tinha de passar por tantas provações.

Ia adormecendo, quando ouviu uma voz que lhe disse:

— Levanta-te depressa, segue tua viagem, senão serás comido por uma serpente.

Acordou e começou a correr. Mas já era tarde; foi engolido por uma enorme serpente, que o perseguia.

Aí, no ventre do bicho, viveu ele quatrocentos e noventa e sete semanas, quando ela entrou num grande rio, conservando-se três dias dentro d'água.

No fim do terceiro dia morreu, e foi parar na outra margem, à beira das matas encantadas do Reino das Chamas.

O velho saiu de dentro da barriga da serpente, muito magro e fraco. Adormeceu sobre a relva macia e ouviu outra vez a mesma voz, que lhe dizia:

— Levanta-te e acompanha-me. Pega nestas chaves, abre aquela porta e todas as outras que encontrares em tua frente. No último quarto verás uma caixa com uma bola de vidro, e dentro da bola um fio de cabelo. Em uma gaveta da mesa que ali verás, está uma espada. Amola-a bem, até ficar afiada como uma navalha. Em seguida, quebra a bola e apanha o fio de cabelo. Corta-o nos ares. Se o não cortares da primeira vez, todos os bichos ferozes que existem nas Matas Encantadas irão sobre ti e te devorarão. Se ao contrário, conseguires fazer o que te digo, serás feliz...

O velho seguiu, tremendo, o caminho que lhe ensinavam.

Abriu todas as portas que encontrou e, ao chegar ao último quarto, viu os objetos que a voz lhe indicara.

Levou um dia inteiro a amolar a espada, que ficou mais afiada que uma navalha. Depois, deu um golpe no fio de cabelo, partindo-o em dois, enchendo-se, então, a casa de sangue. Tantos eram os pingos, quantos soldados apareceram.

Apareceu-lhe, depois, sua mulher mais a vaca que amamentara Joaquim. Levou-as ao rei.

Viveram todos muito felizes, sendo o pai e cada um dos irmãos, João e José, reis de três países riquíssimos.

O PRÍNCIPE QUERIDO

Ubaldo VI, rei do país Karkom, foi um soberano tão bom, tão carinhoso e tão amante dos vassalos, que depois de sua morte e mesmo em vida o povo o cognominou — o Bom Rei. Estando um dia a caçar, um coelho, que cães perseguiam, pulou em seus braços.

O rei acariciou o coelhinho e disse-lhe:

— Já que te colocaste sob minha proteção, não consentirei que te façam mal.

E levou o bichinho para o palácio.

À noite, quando já estava em seus aposentos, pronto para se deitar, apareceu-lhe uma moça formosíssima vestida de branco com os deslumbrantes e opulentíssimos trajes de uma princesa real, tendo, porém, cingida à fronte, em vez de uma coroa, uma grinalda de rosas-brancas.

Sua majestade ficou admirado de vê-la no quarto, porque a porta estava fechada, não sabendo como podia ter ela entrado.

— Eu me chamo Cândida, e sou uma fada — disse ela. — Estava no bosque, enquanto caçavas, e quis ver se eras bom como todo mundo diz. Por isso encantei-me no coelhinho, e saltei em teus braços. Queria ver se eras bom para os animais, porque sei que quem tem piedade deles, ainda tem mais pelos homens, seus semelhantes. Se me tivesses recusado socorro, acreditaria que eras mau. Vim agradecer o serviço que me fizeste, e garantir-te a minha proteção. Pede o que quiseres, que te prometo fazer.

CONTOS DA AVOZINHA

— Linda Fada — disse o bom rei —, deves saber o que desejo. Tenho um único filho que muito estimo e por isso lhe chamo "Querido". Se quereis conceder-me alguma graça, sede sua protetora.

— De boa vontade — tornou a Fada — posso fazê-lo o mais rico, o mais belo e o mais poderoso dos príncipes. Escolhe o que queres para ele.

— Nada disso desejo para meu filho — respondeu Ubaldo. — Ficarei muito agradecido se fizerdes dele o melhor de todos os príncipes. De que lhe servirá ser belo, rico, poderoso, se for malvado? Sabeis perfeitamente que seria infeliz, e que só a virtude fará dele um homem venturoso.

— Tens muita razão, mas não tenho poder para tanto. É preciso que ele trabalhe para ser um homem virtuoso. O mais que posso prometer é dar-lhe bons conselhos, protegê-lo, repreendê-lo e castigá-lo pelas suas faltas, se não se corrigir ou não se punir por suas próprias mãos.

O soberano ficou satisfeito com essa promessa da fada Cândida, e morreu pouco tempo depois.

O Príncipe Querido chorou bastante a perda de seu velho pai, e daria todos os seus reinos, toda a sua fortuna, para salvá-lo.

* * *

Dois dias após a morte do rei, estando Querido deitado, apareceu-lhe Cândida, que lhe disse:

— Prometi a teu falecido pai ser tua protetora, e vim cumprir minha palavra, fazendo-te um presente.

E no mesmo instante colocou um anel de ouro no dedo do moço, dizendo-lhe:

— Guarda com muito cuidado este anel, que vale mais que todos os tesouros da terra. Todas as vezes que fizeres uma ação má, ele espetará teu dedo. Mas se apesar disso persistires, perderás a minha amizade e tornar-me-ei tua maior inimiga.

Dizendo tais palavras, Cândida desapareceu, deixando o príncipe admirado.

"Querido" conservou-se sensato por muito tempo, a ponto de não sentir o anel espetá-lo nenhuma vez.

Tempos depois, indo à caça, sentiu que o anel o incomodava, mas não fez caso; e, como não encontrasse pássaro algum para matar, voltou para casa de mau humor.

Entrando em seu quarto, uma cadelinha que possuía, chamada Mimosa, começou a saltar-lhe em frente, festejando-o, latindo alegremente.

— Passa fora — gritou. — Hoje não estou disposto a receber festas.

A cadelinha, não entendendo o que lhe dizia o príncipe, puxou-lhe a aba do paletó, para obrigá-lo ao menos a olhar para ela.

Isso impacientou o príncipe, que lhe deu um pontapé.

Nesse momento, o anel deu-lhe ferroada tão forte que parecia alfinete. Querido ficou muito admirado, e foi sentar-se a um canto do quarto, envergonhado da sua ação.

— Afinal de contas, está me parecendo que a fada brinca comigo. Que grande mal fiz em dar um pontapé num animal que me importuna? De que me serve ser senhor de um grande império, se não tenho liberdade de castigar o meu cão?

— Eu não brinco contigo — disse uma voz que respondia ao pensamento do príncipe. — Cometeste três faltas em vez de uma. Estavas de mau humor, porque não gostas de ser contrariado, e pensas que os animais e os homens foram feitos para te obedecer. Ficaste zangado, o que é malfeito, e demais, foste cruel para um animalzinho que não merecia ser maltratado. Sei que vales mais que o cão; mas, se é uma coisa razoável e permitida que os grandes possam maltratar os pequenos e os fracos, agora mesmo eu, que sou fada, podia castigar-te e até te matar, porque sou mais forte que tu. A vantagem de ser senhor de um grande império não consiste em poder fazer o mal que se quer, mas sim todo o bem que se pode.

O jovem confessou a sua falta, e prometeu corrigir-se; mas depressa faltou à palavra. Em pequenino fora criado por uma velha ama que lhe fazia todas as vontades. Se acaso desejava alguma coisa, fazia manha, gritava, batia com o pé, esperneava, a ponto de, para se calar, lhe darem o que pedia. Ficou por isso com um gênio muito irascível. E demais, a ama lhe dizia sempre que ele um dia havia de ser rei e governar o povo, de sorte que todos teriam que lhe obedecer.

Mais tarde, quando moço, o príncipe compreendeu o seu mau gênio, mas não pôde emendar-se dos defeitos que na meninice adquirira.

Dizia, então, consigo mesmo:

— Sou bem desgraçado, em ter de combater todos os dias a minha cólera e o meu orgulho. Se me tivessem corrigido quando pequeno, hoje não sofreria tantos dissabores.

O anel ferroava-o muitas vezes. Em várias ocasiões ele se detinha em alguma ação má; mas em outras continuava, e o que havia de singular era que o anel o picava pouco por uma falta ligeira; mas, quando fazia alguma maldade, o sangue saía do dedo.

Por fim aquilo o impacientou, e querendo ser livre, jogou o anel fora, livrando-se dessa maneira das constantes ferroadas.

Julgou-se desde então o homem mais feliz do mundo, e começou a praticar toda a sorte de loucuras, de modo que se tornou um homem mau e perverso, que ninguém podia aturar.

Meses depois, percorrendo a passeio as ruas da capital, avistou à janela de uma casa de modesta aparência uma formosíssima jovem, por quem imediatamente se apaixonou.

Essa moça, embora fosse de família paupérrima, não era ambiciosa e fora criada com muito recato e honradez por seus pais. O príncipe, porém, julgando-a facilmente, imaginou que ela ficaria satisfeitíssima se lhe desse a mão de esposo. Assim dirigiu-se sem mais demora à casinha, e perguntou-lhe o nome. A rapariga respondeu que se chamava Zélia, e que era pastora. Então Querido propôs-lhe casamento.

— Não, príncipe, sei que sois belo, porque agora mesmo estou olhando para vossa alteza. Mas que me serviriam vossa beleza, vossa riqueza, lindos vestidos, carros magníficos que me désseis, se as más ações que vos visse praticar todos os dias me forçariam a vos desprezar e odiar? — respondeu ela com a máxima franqueza.

Querido encolerizou-se muitíssimo com aquela recusa e mandou que os seus soldados a trouxessem ao palácio.

Passou todo o dia agitado, e, como estava verdadeiramente apaixonado, não teve coragem de lhe fazer mal.

Entre os seus favoritos havia um, chamado Xerim, seu irmão de leite, em quem ele depositava toda a confiança.

Esse homem, que tinha inclinações baixas, próprias de um mau caráter, lisonjeava as paixões do seu amo, e dava-lhe péssimos conselhos.

Assim que viu o príncipe triste, tratou de indagar o motivo.

Respondeu-lhe o jovem que não podia suportar o desprezo de Zélia, e que estava disposto a corrigir-se de seus defeitos, já que era preciso ser virtuoso para agradar à moça.

O perverso Xerim aconselhou-o então:

— Príncipe, sois muito criança em vos incomodares com uma pastora. Se eu fosse vossa real majestade, obrigá-la-ia a obedecer-me. Lembrai-vos de que sois rei, e que é ridículo a tão alto personagem sujeitar-se aos caprichos de uma plebeia, que ficaria muito contente em ser vossa escrava. Prendei-a a pão e água, e vereis se ela consente ou não em se casar convosco. Ficareis desonrado, se souberem que uma moça do povo resiste aos vossos desejos.

— Mas não ficarei desonrado se fizer morrer uma inocente, porque Zélia não é culpada de nenhum crime? — replicou Querido, que ainda tinha uns restos de bons sentimentos.

— Uma pessoa não é inocente quando não cumpre as vontades de seu rei — retorquiu o infame. — Contudo, é preferível que vos acusem de uma injustiça a se estabelecer o princípio de desrespeito a um rei ilustre.

O favorito tocou o ponto fraco do rei, que, receoso de ver a sua autoridade desprestigiada, abafou a vontade de se corrigir, e partiu para o quarto onde estava a moça, disposto a fazê-la consentir no casamento ou então vendê-la como escrava no dia seguinte.

Quando o príncipe abriu a porta do quarto em que prendera a jovem, com a chave que sempre trazia no bolso, ficou como doido por não encontrá-la. Zélia havia fugido.

Existia nesse tempo um cortesão que estimava muitíssimo o príncipe e que havia sido seu preceptor.

Esse pobre homem, chamado Salomão, mais de uma vez o aconselhara a reprimir as suas loucuras.

Querido, às primeiras vezes, ouvira-o de bom modo; mas, por fim, impacientando-se, já não queria saber mais do velho, nem dos seus conselhos, tendo retirado todas as regalias que o preceptor tinha no palácio.

Salomão, por ser muito sensato, os moços da corte não o estimavam, e por isso procuravam todos os meios de o molestar.

Assim que o rei deu por falta de Zélia, não faltaram intrigantes que dissessem ter sido Salomão quem havia facilitado a fuga da moça, e até contaram que alguns criados ouviram a conversa em que ele promovia a fuga.

Possuiu-se o jovem soberano de grande raiva, e mandou que trouxessem o velho Salomão preso.

Depois de dar essas ordens, retirou-se para o quarto. Apenas, porém, acabava de entrar, a terra toda tremeu, ouviu-se um grande trovão, e Cândida apareceu-lhe, dizendo:

— Prometi a teu pai dar-te bons conselhos, e punir-te se recusasses segui-los; desprezaste-os; não conservaste do homem senão a figura, e os teus crimes te mudaram em um monstro de terror para o céu e a terra. Já é tempo que eu termine a minha promessa, castigando-te. Condeno-te a ficares semelhante aos animais quadrúpedes. Faço-te semelhante ao leão pela cólera, ao lobo pela gulodice, à serpente pela ingratidão, pois maltrataste o velho Salomão, aquele que foi teu segundo pai, e ao touro pela brutalidade. Traze em tua figura o caráter desses animais.

Apenas a fada acabava de pronunciar tais palavras, viu-se o príncipe, com horror, tal como ela dissera: um monstro com cabeça de leão, chifres de touro, patas de lobo e cauda de serpente. No mesmo instante, achou-se em uma grande floresta, à beira de uma fonte, onde se refletia a sua horrível figura, e ouviu uma voz, que lhe disse:

— Olha o estado a que te reduziram teus crimes! Tua alma é mil vezes mais feia que a tua figura.

Reconheceu Querido a voz da fada, e possuído de furor, quis investir para ela.

— Zombo da tua fraqueza e da tua raiva. Vou confundir o teu orgulho, colocando-te sob o domínio dos teus súditos.

A fera foi andando pela floresta quando de repente caiu num buraco muito fundo.

Era um laço que caçadores de animais ferozes armavam para fazê-los cair.

CONTOS DA AVOZINHA

Os caçadores, que estavam à espreita, desceram, foram prender a fera e levaram-na acorrentada para a cidade, onde estava o seu palácio.

Quando lá chegaram, viram toda a população em festas, e perguntaram o que significava aquela alegria.

Respondeu-lhes um homem do povo:

— O príncipe Querido só gostava de atormentar os seus súditos, e por isso fora fulminado em seu quarto por um raio. Deus não pudera suportar tanta crueldade, e livrara a terra de tão mau rei. Quatro homens cúmplices de seus crimes quiseram partilhar o reino entre si, mas o povo que sabia terem sido os seus maus conselhos que prejudicaram o príncipe, expulsou-os do país e ofereceu a Salomão, a quem o príncipe Querido queria mandar matar, a coroa do rei. Esse digno cidadão acaba de ser coroado, e nós celebramos o dia de hoje como de nossa liberdade, porque Salomão é virtuoso e vai trazer a seu povo a paz e a abundância.

A fera mordia de raiva a corrente em que estava presa; ao ouvir esse discurso, porém, mais raivosa ainda ficou quando chegou à praça onde estava o palácio, e viu o velho sentado no trono, e todo o povo a lhe desejar longa vida.

Salomão fez um sinal com a mão, pedindo silêncio, e disse:

— Aceitei a coroa que me oferecestes, para conservá-la ao príncipe Querido. Ele não morreu, como supondes. Uma fada mo revelou; e talvez, um dia, vós o vejais virtuoso como era nos seus primeiros anos. Coitado! — continuou ele derramando lágrimas —, os aduladores o seduziram. Eu conhecia o seu coração, que era feito para a virtude, e se não fossem os maus conselhos, ele era o nosso pai. Abominai os vossos vícios, mas lastimai o pobre príncipe, e roguemos a Deus que nos devolva o nosso rei, bom como fora seu pai. Eu me consideraria muito feliz se soubesse que meu sangue derramado fê-lo-ia digno de um povo bom como sois.

As palavras de Salomão foram diretas ao coração do príncipe, que desde esse dia começou a ser dócil, não mais querendo partir a jaula em que estava.

O homem que tomava conta das feras, no jardim zoológico, era um bruto que a toda a hora castigava os animais.

Querido sofria todos os castigos, manso como um cordeiro, não querendo nunca reagir contra seu domador.

Aconteceu que um dia a jaula do tigre ficou aberta por descuido, e o desgraçado domador teria morrido, se não visse à sua frente a curiosa fera, que lutando com a outra, a matou, salvando-lhe assim a vida.

O pobre homem não sabia como acariciar a fera que o tinha salvado, quando ouviu uma voz que disse:

— Não há uma boa ação sem recompensa.

Nisso, o príncipe foi de súbito transformado num lindo cão.

81

O domador, vendo aquele espantoso caso, foi contar ao rei o sucedido, e este mandou vir para o palácio o cão, que se viu feliz na sua nova transformação. Mas aí não lhe davam o alimento necessário, porque diziam que quanto mais comida lhe dessem, mais ele cresceria, de sorte que o príncipe passou novas provações e, às vezes, até fome.

Certa vez, recebeu ele o seu pedaço de pão e ia devorá-lo, quando viu uma pobrezinha a arrancar ervas para comer. Teve pena da pobre mendiga e deu-lhe o pedaço de pão, dizendo consigo mesmo que ele poderia esperar pela sua ração até o dia seguinte, e a pobre parecia estar com tanta fome que era capaz de morrer.

Estava pensando na miséria da desgraçada quando ouviu grandes gritos. Eram quatro homens que empurravam Zélia pelo meio da rua, forçando-a a entrar numa casa.

O cão sentiu não ser a fera que tinha sido, para poder livrar a moça que tanto amava. Contentou-se, porém, em latir, até ver se chegava alguém que a defendesse dos malfeitores.

Não aparecendo quem viesse em socorro da vítima, o cão começou a esperar por Zélia para ver se ela aparecia. Nisso viu uma janela abrir-se e imediatamente jogarem uma porção de carne assada, perto do lugar onde ele estava.

O cão, que não comia desde a véspera, estava já disposto a comer aquela carne, vinda tão a propósito, quando a pobre, vendo-o, gritou:

— Não comas desta carne, meu cãozinho, que está envenenada.

No mesmo instante, o príncipe ouviu uma voz que dizia:

— Vês tu que uma boa ação não fica sem recompensa?

E imediatamente viu-se mudado num belo pássaro azul. Começou a voar até a casa onde vira Zélia entrar, e depois de percorrer todos os quartos, voou em direção a um bosque perto.

Qual não foi o espanto quando viu a moça sentada à sombra de uma árvore ao lado de um ermitão!

Assim que a viu voou ao seu ombro, e começou a festejá-la.

Zélia, encantada pela mansidão do pássaro, correspondeu às carícias, e disse que havia de amá-lo para sempre.

Então o pássaro se transformou no príncipe Querido, tal como a moça o tinha visto pela primeira vez.

O ermitão, vendo aquilo, transformou-se também na fada Cândida, e disse:

— Está quebrado o encanto, príncipe. Só voltarias à tua forma humana no dia em que Zélia gostasse de ti. Ela acabou de o confessar. Vou conduzir-te ao teu reino, onde está a tua espera o mais leal dos vassalos, o velho Salomão. Confia nele, que é o teu segundo pai. Segue-lhe sempre os conselhos, que te não arrependerás.

Mal a fada acabou de proferir estas palavras, o príncipe Querido viu-se no seu palácio, em companhia de Zélia.

O velho Salomão, quando o viu, chorou de alegria.

Querido tomou conta do reino e casou-se com a pastora Zélia, vivendo desde então na mais completa felicidade.

Salomão escreveu a história do príncipe Querido, tal como acabamos de narrá-la, para ensinamento de todos, grandes e pequenos, ricos e pobres, fidalgos e plebeus, reis e vassalos, a fim de que toda a gente se convença de que a felicidade neste mundo consiste unicamente em vivermos em paz com a nossa consciência, fazendo sempre o bem, mesmo à custa dos maiores sacrifícios, e nunca praticando o mal.

O ANJO DA GUARDA

Um pobre homem, chamado Luís, vendo que não podia mais viver na cidade, por ser muito cara aí a vida, e não ter ele dinheiro para sustentar a família, foi morar na roça em companhia da sua mulher, Marfa, e seu filho, Renato.

Tendo assim resolvido, escolheu um lugar bem deserto, onde ele e os seus apenas se sustentavam da caça que o velho matava.

Poucos anos depois, Luís veio a falecer.

Renato estava com quinze anos de idade, quando seu pai morreu.

Compreendendo que a vida naquelas matas seria muito pesada para ele, pediu a sua mãe para voltarem à cidade, onde podiam viver do trabalho que poderia obter em alguma oficina, dizia ele.

A velha concordou; e, reunindo o pouco que possuíam — um cavalo, uma espingarda de caça e um cão —, dirigiram-se para a cidade. Era noite, quando aí chegaram. O rapaz correu toda a cidade, e não encontrou vivalma. Bateu em todas as portas e ninguém lhe respondeu.

Depois de muito andar por diversas ruas, todas desertas, foi ter a um sobrado, o único que achou aberto.

Bateu palmas e, não ouvindo resposta, entrou pelo corredor, subiu as escadas, correu a casa, e ninguém encontrou.

Nessa casa todos os quartos estavam abertos, menos um, que se conservava fechado.

Renato tomou conta da casa, e ali dormiu com sua mãe.

No dia seguinte, também não viu pessoa alguma nem percebeu o menor movimento pelas ruas; e não encontrando o que comer, foi para o mato, caçar, como fazia seu pai.

Quando estava caçando, apareceu à velha Marfa, sua mãe, que ficara no sobrado, o gigante Barraguzão, dizendo-lhe que devia ser morta, por ter-se apoderado da casa sem seu consentimento, mas que, por ser mulher, a perdoava, com a condição de ela viver ali e nunca mais sair para lugar algum.

A velha ficou com muito medo, e disse que tinha um filho em sua companhia.

FIGUEIREDO PIMENTEL

— Este não quero para nada. Comê-lo-ei esta noite — respondeu o gigante.
— Qual, o senhor não pode com meu filho — retorquiu a velha.
— Por quê? Não é ele um homem como os outros?
— É, sim; é um homem.
— Pois, então, não há perigo. Pois se eu pude com todo o povo que morava aqui, nesta cidade, não hei de poder com um fedelho? Tinha graça.
— Mas é que meu filho tem muita força, e é capaz de matá-lo.
— Pois bem: se não posso com ele, como dizes, vou te ensinar um meio de acabarmos com ele — propôs. — Quando ele voltar da caça, deita-te na cama, finge-te doente, e começa a gritar com uma dor muito forte nos olhos. Diz-lhe que o único remédio que te curará é a banha da serpente que existe no mato. Ele, com certeza, irá matar a serpente; mas, como não poderá com ela, será mordido pelo animal e cairá fulminado.

Ao chegar Renato da caça, ao escurecer, a velha Marfa fez o que fora ensinado pelo Barraguzão, e o moço tornou incontinenti para o mato, à procura do animal que havia de curar sua mãe.

No caminho, encontrou um velhinho que lhe perguntou aonde ia àquela hora, por uma noite tão escura.

— Vou matar uma serpente, que mora aqui neste mato, para apanhar a banha, e untá-la nos olhos da minha velha mãe que deixei em casa gritando com dores — respondeu o bom filho.

— Não vás — disse o velhinho —, porque a serpente te matará. Tu não podes com ela.

— Irei, aconteça o que acontecer — objetou Renato. — Como é para minha mãe, Deus me há de ajudar.

— Pois vai, que hás de ser feliz — falou o velho.

E assim sucedeu. Chegando à floresta, Renato deu combate à terrível jiboia, um bicho colossal, de cerca de vinte metros de comprimento, e conseguiu matá-la, depois de porfiada luta.

Chegando à casa, fomentou com o remédio os olhos de sua mãe, que não teve remédio senão dizer que ficara boa.

Voltando Barraguzão, à noite, ficou admirado de ver homem tão valente, e disse a Marfa:

— Teu filho é o homem mais corajoso que tenho visto. Agora amarra-o com esta corda, e vê se ele é capaz de a arrebentar.

Quando o moço voltou da caça, nessa segunda vez, a velha lhe disse:

— Meu filho, reconheço que és valente, mas duvido e aposto mesmo como não às capaz de arrebentar esta corda que aqui está.

O rapaz aceitou a aposta, e Marfa enleiou-lhe todo o corpo, da cabeça aos pôs.

Renato forcejou o corpo e partiu a corda em diversos lugares.

Marfa ficou pasmada de tanta valentia, e à noite, quando o gigante Barraguzão chegou, narrou-lhe tudo.

CONTOS DA AVOZINHA

Este já não sabia o meio de se ver livre do jovem, quando depois de muito pensar, disse:

— Pois bem, teu filho é forte, mas sempre desejo ver se é homem que arrebente esta corrente. Amanhã enleia-o bem nela para ver se me escapa desta vez.

Ao tornar Renato da caçada, a mãe lhe disse:

— Meu filho, és mais valente que cem homens juntos; teu pai não era capaz de fazer o que tens feito por minha causa. Se és tão homem assim, quero ver se eu te prendendo nesta corrente és forte bastante para a arrebentar.

— Isto não, minha mãe, não posso arrebentar uma corrente.

— Pois sim, meu filho, experimenta.

— Pois se minha mãe quer, vamos ver.

Marfa enleiou-o na corrente, com a qual lhe deu uma porção de voltas em redor do corpo. Renato esforcejou, mas nada conseguiu.

Neste instante apareceu o gigante, com um grande facão, e dirigiu-se para o rapaz, a fim de matá-lo.

— Pode matar — disse Renato. — Desejo apenas que me faças três coisas, que lhe vou pedir.

— Cumprirei vinte, quanto mais três — prometeu Barraguzão, que começou a amolar a faca.

— Primeiro: não quero que faça uso dos objetos que meu pai deixou, isto é, do cavalo, da espingarda e do facão. Segundo: quando me matar, não estrague o meu corpo, e parta-o em cinco pedaços. Terceiro pedido: ponha-me dentro de dois jacás, no cavalo, com a espingarda e o facão, e vá atirar-me no mato.

O gigante fez o que lhe pediu o moço.

Nesse entretempo, o cavalo, assim que se viu com os jacás, que encerravam o corpo de seu amo partido em cinco pedaços, disparou a toda a brida, e foi ter à casa do velhinho que Renato encontrara na floresta, quando fora matar a serpente.

O velho tinha uma filha. Estava essa moça à janela, e reconhecendo o cavalo de Renato, pelos sinais que dele lhe fizera seu pai, foi chamar o velho, que assim falou:

— Minha filha, o que ali estás vendo é Renato, que vem morto, partido em cinco pedaços; vai buscar o cavalo, pois quero dar vida ao pobre rapaz.

O velho pediu a banha da serpente, de que também guardara uma grande porção; ao sabê-la morta pelo corajoso mancebo, juntou os pedaços do corpo de Renato, que logo ficou bom.

— Sentes alguma coisa, meu filho? Ou estás inteiramente curado? — inquiriu o velho, ao vê-lo restituído à vida.

— Falta-me a vista — respondeu Renato.

85

O ancião pediu certo unguento misterioso, cujo segredo só ele tinha, e com ele esfregou os olhos do moço, que recuperou imediatamente a vista.

O jovem apanhou a espingarda e o facão, e partiu para a casa do gigante. Assim que entrou, viu Barraguzão dormindo. Enterrou o facão no peito do monstro, e matou-o.

Marfa, ao ver o gigante morto por seu filho, atirou-se-lhe aos pés, pedindo que a perdoasse.

Renato fê-la levantar-se, dizendo que nada lhe faria, por ser sua mãe. Voltou à casa do velho, a quem contou tudo quanto fizera.

O velho então lhe disse:

— Meu filho, a tua melhor ação é ter salvado tua mãe, que, apesar de ter sido má, sempre é tua mãe. Sou o teu Anjo da Guarda, que para aqui vim, somente para te defender.

Dizendo isso, desapareceu, subindo para o céu. Renato casou-se com a moça que o velhinho criara. Voltou para a cidade, encontrou toda ela povoada, porque estava apenas encantada com a presença do gigante, e só se desencantaria quando ele morresse.

A CASA DE MARIMBONDOS

Xisto e Tomás eram conterrâneos filhos da mesma aldeia, uma aldeiazinha de Trás-os-Montes, em Portugal. Desde crianças, tendo quase a mesma idade, eram íntimos amigos, e continuaram sempre na mesma intimidade, depois de grandes, casados e pais de filhos, vindo até a serem compadres.

Tão amigos eram que resolveram embarcar para o Brasil, já que na aldeia não tinham esperanças de melhorar de vida, ao passo que ouviam dizer que no Brasil floria a Árvore das Patacas. Era só a gente subir nos galhos e recolher moedas.

Assim, um belo dia embarcaram no mesmo navio. Sofreram iguais privações, juntos compartilharam as mesmas mágoas, as mesmas saudades da Santa Terrinha que deixaram, e das esposas, os filhos, os amigos, o burro, mais a vaca, dois bezerritos, quatro leitões, e mais de dúzia e meia de cabeças de criação.

Aqui, porém, a sorte mudou. Xisto enriqueceu no comércio de escravos e numa porção de negócios do mesmo gênero. Tomás, no entanto, continuava pobre, e mais pobre se via depois que, à imitação do compadre, mandara vir a mulher. A sua vida, por último, era um horror, e vendo que não podia viver mais na cidade, onde tudo estava caríssimo, por preços exorbitantes, resolveu-se a ir pedir ao comendador Xisto, que possuía léguas e léguas de terras abandonadas, de todo incultas, alguns palmos de terreno, onde pudesse construir uma casinha de morada e cultivar alguns produtos da pequena lavoura, que o sustentassem, mais a família, e que pudesse ir vender à vila.

Xisto, dessa vez, mostrou-se compadecido e generoso: cedeu ao seu compadre pobre a terra que necessitava, e Tomás ali se aboletou, numa choupana coberta de sapé, que edificou por suas próprias mãos. As duas moradas eram vizinhas. De um lado, via-se a miserável cabana de Tomás da Abadia, e do outro, a soberba e luxuosa vivenda do "honrado comendador Xisto Manuel de Sousa e Silva".

Certa vez, Tomás estava cavando a terra, e Xisto se achava perto, gozando o prazer de não trabalhar, e ver o seu íntimo amigo a mourejar como um escravo. De repente, a enxada de Tomás bateu num corpo estranho, duro, resistente. Cavou mais, afundou o buraco, e eis que descobriu uma panela de moedas de ouro.

Como as terras lhe pertenciam, Xisto apressou-se em levar o pote para casa, muito agitado, e não consentiu mais que o compadre pobre trabalhasse em suas terras. Despediu o pobre Tomás e chamou a mulher para verem as riquezas que existiam em sua propriedade.

Abrindo então a panela, nela encontraram apenas uma casa de marimbondos. Julgando que aquilo era caçoada de Tomás, o milionário ficou possesso de raiva, e protestou que havia de lhe pregar uma peça.

Apanhou a panela, colocou-a com muito jeito num saco, para não alvoroçar os bichos, e dirigiu-se à casa de Tomás.

Assim que o avistou, foi logo gritando:

— Compadre, fecha as portas e deixe somente um lado da janela aberto...

Tomás fez o que lhe dizia o outro.

Xisto, chegando perto da janela, jogou para dentro a casa de marimbondos, dizendo:

— Fecha agora tudo, compadre, e toma este presente que te trago.

Mas os marimbondos, assim que bateram no chão, transformaram-se em moedinhas de ouro, e o pobre Tomás chamou a mulher e os filhos para ajuntá-las.

— Ó compadre, abre a porta!

— Deixe-me, compadre Xisto, já não posso mais com estes malditos bichos, que me matam de ferroadas — respondia o outro, que compreendeu imediatamente o que havia sucedido, satisfeito por ver que Xisto não conseguira fazer o mal que pretendera.

E o rico ria-se da boa peça que havia pregado ao pobre.

Ficou assim o pobre rico, e o rico pobre, por querer fazer maldade que não conseguiu.

O MACACO E O MOLEQUE

Iaiá Romana era o apelido por que toda a gente conhecia uma velhinha que possuía, além de muitas outras frutas, uma bela plantação de bananeiras. Quando as bananeiras estavam carregadas de cachos, a velha não tinha por quem mandar tirá-las, de sorte que ficavam maduras e eram comidas pelos passarinhos, ou apodreciam.

Um dia, apareceu-lhe na roça um macaco, que lhe disse:

— Ó tiazinha, por que é que a senhora não colhe essas bananas, que já estão maduras, e não as põe na despensa? Se não tiver quem lhe faça esse serviço, aqui estou eu ao seu dispor.

Romana aceitou o oferecimento. O macaco, porém, assim que se pilhou trepado nas bananeiras, começou a comer as maduras e jogar as verdes para a velha, que, desesperada, jurou vingar-se.

Desde esse dia, vivia constantemente a procurar um meio de apanhá--lo. Qual! O bicho era esperto, e ela ficava sempre lograda.

Mas um dia a velha lembrou-se de fazer uma figura de alcatrão, fingindo um moleque, e colocou-lhe um tabuleiro de bananas bem madurinhas na cabeça, como se as estivesse vendendo.

Poucas horas depois apareceu o macaco. Supondo que era mesmo um pretinho, pediu uma banana. O moleque ficou calado.

— Moleque, dá-me uma banana, senão levas um sopapo — gritou.

O moleque permaneceu calado, e o macaco desandou-lhe a mão, ficando com ela grudada no alcatrão.

— Moleque, larga a minha mão, senão levas outro sopapo!... — repetiu o macaco.

E o moleque sempre calado.

O macaco soltou outro bofetão, e ficou com a outra mão grudada.

— Moleque! Moleque! Larga as minhas duas mãos, senão levas um pontapé!... — berrou o mono, enfurecido.

Como é bem de ver, o moleque calado estava e calado continuava.

O macaco deu-lhe um pontapé, ficando com o pé preso.

— Moleque dos diabos, larga meu pé, que te dou outro pontapé! — exclamou.

E o moleque calado.

O macaco deu outro pontapé, e ficou com os pés presos.

Aí não se conteve.

— Moleque dos infernos, larga os meus dois pés e as minhas mãos, senão te dou uma umbigada!

E o moleque calado.

O macaco deu-lhe uma umbigada, e ficou completamente agarrado ao alcatrão.

Assim que o viu preso, Iaiá Romana apareceu, foi ao mato, cortou uma varinha e começou a dar-lhe com toda a força uma sova enorme, enquanto ia dizendo:

— Eu não te disse, macaco, que havias de me pagar? Toma lá agora, para não vires caçoar comigo!

O macaco tanto se debateu, que afinal conseguiu se livrar do alcatrão, e nunca mais quis graça com a velha Romana.

O BOM JUIZ

Zenóbio era empregado da Limpeza Pública; exercia tão baixo cargo porque não encontrara de pronto outra colocação e necessitava sustentar uma numerosa família. Trabalhava alegremente, sem se importar com os tolos preconceitos sociais, porque era um desses homens sensatos que pensam, com justa razão, que é o homem que nobilita o emprego, e não o emprego que nobilita o homem. Há varredores honrados, do mesmo modo que há ministros desonestos.

Um dia em que estava varrendo uma rua pouco frequentada, achou uma bolsa contendo cem mil réis. Em vez de ficar com o achado, como era honesto, procurou o dono, e tanto fez que o encontrou.

Mas esse homem, que era um negociante, sovina, avaro e miserável, em vez de ficar agradecido, retirou de dentro dez mil réis e acusou o varredor de o ter roubado.

Foram à justiça.

O juiz, um bom, honrado e digno magistrado, ouviu a acusação, e depois a defesa.

Em seguida, sentenciou da seguinte forma:

— O comerciante diz que perdeu uma bolsa com cem mil réis, e que o varredor Zenóbio a achou. Ele, pelo seu lado, diz que a entregou sem conferir, tal como a havia achado. Ora, como a bolsa contém noventa e não cem mil réis, como o negociante alega, claro está que não é esta. Assim, mando que se entregue a bolsa ao varredor, e deverá pagar ainda por cima as custas.

Zenóbio ficou muito satisfeito, ao passo que o outro ainda teve que gastar mais dinheiro, para castigo de sua ganância e perversidade.

A MOÇA ENCONTRADA NO MAR

As leis do reino de Sarinhã — grande e riquíssima nação que há séculos e séculos deslumbrou o mundo pelos altos feitos dos seus príncipes e pela sua opulência — obrigavam os soberanos reinantes a se casarem assim que completassem quinze anos de idade.

O príncipe Altir, que governava Sarinhã, na época em que se passa esta história, querendo conformar-se com as leis, resolveu casar-se.

Para realizar o seu desígnio, ordenou que lhe apresentassem as moças mais formosas que existissem no país, embora morassem nos confins do reino.

Os emissários já haviam corrido todas as cidades, vilas, aldeias, povoados de casa em casa, e nenhuma das jovens apresentada a Altir lhe tinha agradado.

Tinha ele perdido a esperança de casar com a moça mais linda do país, conforme desejava, e por isso vivia muito triste, quando se deu um fato interessante.

O batalhão que dava guarda de honra ao palácio, unicamente composto de moços fidalgos, escolhidos entre os mais ricos, instruídos, famosos e valentes do reino, tinha ido assistir à missa na Capela Real.

Entre os soldados, havia um jovem marques, nascido numa província longínqua, filho de nobilíssima e antiga família, e que pouco antes fora admitido nas guardas do rei.

Era a primeira vez que ele entrava na Real Capela, pois não havia ainda um mês que chegara à capital.

Estava admirando o luxo, o esplendor, a arquitetura do templo, um dos mais elegantes e célebres do mundo inteiro, e percorria com o olhar as imagens dos altares, cada qual mais primorosamente executada por afamado artista, quando fitou a de Nossa Senhora do Rosário, que ficava justamente a seu lado.

Não pôde deixar de soltar um grito de espanto, ao mesmo tempo que de seus olhos jorravam lágrimas abundantes.

O general comandante, que era o príncipe Seraf, estranhando aquele procedimento, indagou do jovem marquês, cujo nome era Odern, a causa da exclamação que soltara e do pranto que derramava.

Odern disse que chorava porque havia se lembrado de repente de sua família, de sua casa situada havia um mês de viagem, e lembrara-se, ao ver a imagem de Nossa Senhora do Rosário, que era o retrato exatíssimo, perfeito, de uma de suas quatro irmãs, Gabi, a mais moça.

A notícia correu de boca em boca. Muita gente zombava, não acreditava, porquanto essas imagens eram uma perfeição, um primor de escultura, um ideal de beleza, e não podia existir uma criatura humana que se parecesse com ela, quanto mais que fosse a mesma coisa, o modelo vivo.

No entanto, a notícia chegou aos ouvidos do príncipe Altir, que mandou chamar Odern, a quem falou:

— Se tua irmã é assim tão linda, dize-me onde mora tua família que quero mandar buscá-la para minha esposa.

— Saberá vossa real majestade — respondeu o marquês — que meus pais moram nos desfiladeiros do Monte Camocim, distante daqui dez mil léguas por terra, e cinco mil por mar.

O rei mandou imediatamente preparar uma esquadra para ir buscar a jovem Gabi, enviando para isso embaixadores ao pai, pedindo-a em casamento. Odern fez parte dessa embaixada.

* * *

Ao cabo de três meses de viagem, os navios aportaram finalmente a Camocim; todos, ao verem a moça, ficaram maravilhados com sua beleza extraordinária.

CONTOS DA AVOZINHA

O embaixador entregou a carta do rei ao velho duque Odern, que aceitou o honroso pedido do rei Altir e deixou a formosa Gabi partir, em companhia de seu irmão.

Regressava a esquadra, quando caiu um grande temporal, que obrigou os navegantes a procurarem o primeiro abrigo que se lhes deparou. Era uma enseada desconhecida, que não figurava em mapa algum.

Mas ninguém se importou com aquilo, e todos saltaram em terra, indo pedir pousada em casa de uma velhinha que ali morava.

Era uma velhinha com perto de noventa anos, magra, baixa e horrorosamente feia, caolha e aleijada. Devia ser com certeza uma bruxa, mas disse que se chamava Sarda.

Em conversa, indagou de onde vinham e para onde iam tão ilustres navegantes, e soube assim o destino da embaixada real.

Aproveitando-se de uma ocasião favorável, convidou Gabi para dar um passeio pela horta, e aí chegando atirou a pobre menina no poço que ali havia.

Para não darem por falta dela, pôs em seu lugar uma filha que tinha, moça em verdade, mas horrível de feia.

Como já era noite, os viajantes não deram pela troca, conduziram-na para bordo.

Quando os navios partiram, a velha foi ao poço, tirou dele a moça, cortou-lhe os cabelos, furou-lhe os olhos e deitou-a num caixão, que atirou ao mar. Mas o caixão, em vez de afundar, flutuou, e foi chegar ao reino primeiro que a esquadra real.

Pedro, um pescador, achou-o. Vendo-o muito pesado, julgou conter dinheiro e começou a gabar-se de que havia achado uma fortuna no fundo do mar, e que por isso seria mais rico que o rei.

Sendo chamado à presença do monarca, Pedro disse que de fato tinha achado um caixão com dinheiro.

Altir mandou que os guardas fossem se certificar do que havia de verdade no que dizia o pescador.

Aberto o caixão, deram com a moça dentro, ficando todos com pena de ver uma jovem formosíssima, divinamente bela, mas cega e com os cabelos cortados.

Os soldados voltaram conduzindo a moça, chegando ao palácio um dia depois de ter aportado a embaixada trazendo a filha da velha.

O embaixador, dando conta da missão, disse ao rei:

— Real majestade, fui alegre e volto triste: sujeito-me, porém, à pena que me quiserdes dar. Quanto ao marquês de Odern, ao ver a irmã ficar tão feia, de um dia para o outro, receando a justa cólera de vossa majestade, lançou-se ao mar.

— Não há remédio — disse o rei —, casar-me-ei com essa mulher feia.

Efetuou-se o casamento, mas o rei conservou-se sempre triste.

91

No outro dia, quando lhe apresentaram a moça dos olhos furados e cabelos cortados, todos da embaixada reconheceram sem demora a formosa Gabi Odern.

Contando-lhe o que havia ocorrido com o temporal e a hospedagem na casinha da velha Sarda, Altir desconfiou da infame bruxa, e mandou buscá-la por um navio veloz.

Sarda, a princípio, negou tudo, e até fingiu desconhecer sua própria filha, mas esta era muito parecida com ela, de sorte que se descobriu toda a falsidade das duas malvadas feiticeiras.

Por castigo, o rei mandou furar os olhos da velha e cortar-lhe os cabelos. Assim que cumpriram a ordem real, os olhos de Gabi ficaram perfeitos e cresceram-lhe os cabelos, tornando-se ela ainda mais formosa, mais deslumbrante, o verdadeiro tipo de beleza.

O marquês Odern não havia morrido afogado. Tendo sido lançado à praia, foi recolhido pelo mesmo pescador Pedro. Sabendo que sua irmã estava viva e sã, e que casara com o rei Altir, apresentou-se em palácio, sendo magnificamente recebido pela rainha, sua irmã, e pelo seu real cunhado.

A família do duque de Odern deixou os desfiladeiros de Camocim e veio residir na capital do reino de Sarinhã, onde viveu sempre feliz e considerada.

AS TRÊS PRINCESAS ENCANTADAS

Bermudes era um bom pai de família, mas não sabia dar educação conveniente a seus filhos. Um pouco fraco, deixava que eles fizessem tudo quanto desejassem, e o resultado foi que dos três únicos filhos que tinha — João, Manuel e José —, os dois primeiros eram malcriados, insolentes, e o terceiro de gênio um pouco vivo demais.

Um dia, o pai repreendeu-os, e João e Manuel zangaram-se e fugiram de casa, sem dizer para onde. Bermudes ficou muito aflito, e mandou que José, o caçula, fosse procurá-los.

O rapaz saiu de casa para cumprir a ordem paterna, e começou a viajar.

Ao cabo de três dias de fatigante jornada, em meio de campos, vales, montes e florestas, foi ter à choupana de uma velhinha, chamada Miriam.

Era uma velha amável, bondosa e caritativa, que o hospedou com todo o carinho, dividindo com ele a sua ceia.

Acabando a ceia, puseram-se a conversar:

— Que vieste fazer por estes lugares, meu netinho? — disse Miriam, que era a Virgem Maria disfarçada em velha.

CONTOS DA AVOZINHA

— Minha avozinha — respondeu ele —, ando à procura de meus dois irmãos mais velhos, que fugiram da companhia de meu pai, e ele quer que os leve para casa.

— Pois dorme, meu filho, que eu te ensinarei onde estão eles.

* * *

No outro dia, a velhinha, depois de lhe dar um bom almoço, disse-lhe que fosse ao Reino das Três Pombas, onde encontraria os dois irmãos, porque havia ali uma grande festa na qual tomariam parte todos os jovens do país, devendo casar-se com a filha do rei o que melhor sobressaísse.

— Leva — disse Nossa Senhora — esta vara e esta esponja, mas toma cuidado que ninguém as veja, porque teus irmãos hão de te caluniar, dizendo ao rei que te gabas de ser capaz de ir ao fundo do mar, quebrar a pedra que lá existe e desencantar as três princesas, filhas do rei, que uma fada perversa encarcerara. O rei há de mandar chamar-te, e tu deves sustentar que sim. Vai, então, à beira do mar, e joga a esponja, que boiará. Deverás acompanhá-la, por onde ela seguir. Mas não percas a varinha e com ela bate na pedra, que se partirá ao meio. Não te assustes com a serpente que aparecer: toca com a varinha nela, que adormecerá no mesmo instante. Entra na pedra, e tira de dentro uma caixa; dá-lhe uma pancada, que se abrirá imediatamente. Dentro dela está um ovo, que tem três gemas. Parte este ovo e dá a clara para a serpente beber. Verás o resto.

José agradeceu muito a Miriam, o benefício que lhe fazia, e seguiu viagem para o reino onde estavam os seus dois irmãos.

Ali chegando, viu a grande festa que se estava celebrando.

Achando-o mal vestido, os irmãos fingiram que não o conheciam, e trataram de intrigá-lo, dizendo ao rei que ele se gabava de ser capaz de desencantar as princesas.

O rei mandou chamá-lo e perguntou se era verdade o que diziam dele.

— Saberá vossa majestade que não disse tal coisa. Mas se o rei meu senhor ordenar, estou pronto para cumprir as suas ordens.

Todos ficaram admirados, e duvidaram do que dizia o mocinho.

No outro dia, apresentou-se ele em palácio para seguir para a expedição, dizendo que, se trouxesse as princesas, casaria com a que escolhesse, ou com a mais moça, a única que existia, por não ser nascida quando a fada má enfeitiçou as três mais velhas; e se voltasse só, seria enforcado no mesmo dia.

José dispensou os navios, preferindo ir a nado, com a certeza de que voltaria com as jovens.

93

Toda a gente julgou impossível ir um homem nadando até a pedra, que sabiam ficar no meio do oceano, e, em vista disso, mais duvidaram do bom resultado da empresa.

No entanto, José foi; e assim que chegou à praia, atirou ao mar a esponja, e acompanhou-a até a pedra.

Bateu com a varinha, e ela se abriu por encanto. Entrou e viu a serpente, em quem deu também uma pancada, adormecendo-a imediatamente.

No interior da pedra encontrou a caixa, em que também deu, abrindo-se ela no mesmo instante.

Tirou de dentro o ovo, partiu a casca, deu a clara à serpente, saindo então as três princesas, que estavam no ventre do monstro.

João e Manuel, seus irmãos, invejosos por vê-lo tão felicitado, não ficaram satisfeitos, e foram dizer ao rei que ele dissera ser capaz de trazer a serpente viva do fundo do mar.

O rei, que não estava disposto a casar a filha com José, ordenou-lhe que fosse buscar o bicho, sob pena de morte.

José procedeu como da primeira vez, e trouxe a serpente.

Então, para caçoar com as pessoas que duvidaram dele, tocou com a varinha em todos, a começar pelo rei, e os fez adormecer.

Mandou, depois, agarrar seus dois irmãos e levá-los a seu pai.

O rei, quando acordou, consentiu no casamento com a mais bonita das princesas, e ele sabendo disso, tocou com a vara novamente em todas as pessoas presentes, que dormiram outra vez até que chegassem seu pai e irmãos, para assistirem ao casamento.

José viveu feliz e benquisto até o fim de seus dias; e como não era mau, quando subiu ao trono por morte do rei, seu sogro, casou Manuel e João com duas de suas cunhadas.

Os rapazes mudaram de gênio, corrigiram-se, tornaram-se bons e foram sempre considerados.

OS ANÕES MÁGICOS

Custódio era sapateiro-remendão, vivendo exclusivamente do seu ofício. Todavia, por mais que se esforçasse, por mais que trabalhasse, nunca recebia justa recompensa do seu insano labor. Por isso era pobre, paupérrimo.

Chegou uma ocasião em que se viu quase na miséria. Haviam-lhe encomendado um par de botas de verniz. Com o lucro desse trabalho, que ia ser muito bem pago, desde que ficasse bom e fosse entregue no dia marcado, sem falta, contava comprar mais cabedal e, assim, aprontar alguns pares de botinas, que tencionava vender vantajosamente.

Contudo, no dia em que ia começar o serviço, adoeceu. Foi uma fatalidade, porque não podia dar as botas no dia designado, e, desse modo, ia perder o verniz, em que empatara o único dinheiro que lhe restava.

À noite deitou-se, devorado por violentíssima febre.

Pela manhã, acordou ainda mais doente. Assim mesmo, febril, tiritando de frio, e com terrível enxaqueca, tentou trabalhar. Foi procurar o verniz, e soltou uma exclamação. Na véspera apenas havia cortado o couro, e, no entanto, já estava feito o par de botas de montar, um trabalho esplêndido, digno de um hábil artista.

Foi grande a sua surpresa; nem sabia como explicar fato tão extraordinário.

Apanhou os sapatos, examinando-os atentamente, virando-os de um lado e do outro; estavam muito bem feitos e não tinham nem um ponto sequer fechado, sendo obra de causar admiração.

Quando veio buscar a encomenda, o freguês pagou mais do que havia tratado, tão satisfeito ficou.

Com o dinheiro dessa venda, o sapateiro foi comprar couro para fazer dez pares de botinas.

Trouxe-o para casa, e à noite cortou-os, deixando para fazer a obra pela manhã.

Mas, no outro dia, quando se dirigiu para sua mesa de trabalho, encontrou tudo pronto, como na noite anterior.

Desta vez também, não faltaram fregueses. Com o dinheiro que produziu a venda, ele pôde comprar couro para outros pares.

No terceiro dia, as botinas estavam prontas. E assim sucederam-se noites e noites seguidas, durante bastante tempo.

Todo o couro que Custódio cortava de noite aparecia pronto, transformado em pares de botinas, muito bem feitas, de modo que o sapateiro foi melhorando, a ponto de ficar quase rico.

II

Uma noite, na véspera de Natal, quando acabava de cortar couro, indo deitar-se, voltou-se para Adelina, sua mulher, e disse:

— E se nós passássemos a noite em claro, para ver quem nos ajuda dessa maneira?

Adelina concordou no que lhe propunha o marido.

Deixando uma lamparina acesa, ocultaram-se os dois dentro de um guarda-vestidos, por trás da roupa, e esperaram.

Quando o relógio bateu meia-noite, dois anõezinhos, completamente nus, sentaram-se na mesa do sapateiro, e apanhando o couro cortado, com as suas mãozinhas, começaram a coser, furar e bater com tanta ligeireza e cuidado que não se ouvia barulho algum.

Trabalharam sem cessar, até que a obra ficou pronta, desaparecendo então subitamente.

No dia seguinte, Adelina disse:

FIGUEIREDO PIMENTEL

— Aqueles anõezinhos nos têm enriquecido; é preciso que nos mostremos reconhecidos. Eles devem sentir muito frio, andando assim nus, sem nada sobre o corpo. Sabes? Vou coser uma camisa para cada um, um paletó, uma calça e um colete, e lhes fazer um par de meias de tricô, e tu fazes para cada um, um par de botinas.

Custódio aprovou a ideia da mulher; e, à noite, quando tudo estava pronto, colocaram os objetos sobre a mesa em vez do couro cortado para os sapatos, e ocultaram-se de novo, para ver de que modo os anões recebiam os presentes.

À meia-noite, os anões chegaram, e iam começar o trabalho, quando em lugar do couro encontraram as roupinhas. A princípio mostraram grande espanto, que depressa se transformou em grande alegria.

Vestiram imediatamente a roupinha e começaram a cantar e saltar:

— Nós somos uns lindos rapazes!... Adeus, couro, sapatos e botinas...

Depois começaram a dançar e saltar por cima das cadeiras e bancos, e sempre dançando ganharam a porta e desapareceram. Desde aquele momento, ninguém tornou a vê-los. Custódio, porém, continuou a ser feliz o resto de seus dias, e tudo quanto empreendia saía conforme os seus desejos.

III

Havia numa casa uma pobre criada, muito trabalhadora, chamada Isabel. Todo dia que Deus dava ela varria a casa e depois juntava o cisco, que colocava em frente à porta da rua.

Uma manhã, quando começava o trabalho, achou uma carta no chão. Como não sabia ler, pôs o caixão de cisco no chão, e foi levá-la aos patrões.

Era um convite da parte dos anões mágicos, que lhe pediam para ser madrinha de um dos seus filhos.

Isabel não sabia que resolver, mas depois de muitas hesitações, como lhe disseram que era muito perigoso recusar, aceitou.

No dia marcado, três anões vieram buscá-la, e levaram-na para uma caverna, na montanha onde moravam.

A mãe do anãozinho que nascera estava num leito de ébano incrustado de pérolas, com colchas bordadas a prata. O berço do recém-nascido era de marfim, e a bacia de banho, de ouro maciço.

Depois do batismo, a criada quis voltar imediatamente para casa. Os anões, porém, pediram-lhe muito para ficar mais três dias com eles. Ela anuiu ao pedido, e passou esse tempo em festas, porque os anõezinhos lhe faziam o mais agradável acolhimento.

No fim de três dias, como quisesse absolutamente regressar, os anões encheram-lhe os bolsos de ouro, e conduziram-na até a saída do subterrâneo.

Chegando à casa dos patrões, Isabel recomeçou o trabalho de todo o dia, e apanhou o caixão do cisco, o qual ainda estava no mesmo lugar em que deixara, o que a admirou sobremaneira. Estava varrendo quando saíram da casa uns homens desconhecidos para ela, que lhe perguntaram quem era e o que queria.

Foi só então que a criada soube que não estivera com os anõezinhos apenas três dias, como julgara, mas sete anos inteiros, e que durante esse tempo, seus patrões haviam morrido.

IV

Um dia os anões roubaram a uma mulher o filhinho, que estava no berço, e puseram em seu lugar um pequeno monstro, que tinha uma cabeça muito grande e dois grandes olhos fixos, e era insaciável, esfomeado, querendo comer e beber a todo momento.

A pobre mãe foi pedir conselhos a uma vizinha.

Esta aconselhou-a a levar o monstrengo para a cozinha e colocá-lo em cima do fogão, acender o fogo ao lado dele, e ferver água em duas cascas de ovo. Isso faria rir o monstro, e se ele se risse uma vez, seria obrigado a partir.

A mulher fez o que a vizinha lhe tinha ensinado. Assim que viu as cascas de ovo cheias de água, sobre o fogo, o monstro exclamou:

— Nunca vi, se bem que não seja novo, ferver água em casca de ovo!

E soltou uma gargalhada.

Apareceu imediatamente um bando de anões, que trouxeram o verdadeiro filho, colocando-o no berço, e levando o monstrengo em sua companhia.

AVENTURAS DE UM JABUTI

Dom Jabubi seguia uma vez, distraído, preocupado com os seus negócios, filosofando nas coisas desta vida, por um caminho no meio do mato, quando esbarrou com uma velha e enorme anta, enforcada num laço, que caçadores haviam armado. Mais que depressa principiou a roer a corda que prendia o pescoço do bicho, e depois de esconder a corda num buraco, começou a gritar:

— Acode, gente!... Acode depressa!...

Dona Onça, que passeava na ocasião, foi ver por que motivo tanto gritava o jabuti.

— Que é isto? — interrogou.

— Estou chamando gente para vir comer a anta que acabei de caçar agora mesmo.

— Queres que eu parta a anta? — propôs a comadre onça.

— Quero sim. Dividirás a metade para mim e a outra para ti — disse ele.

— Então, vai apanhar lenha, para assarmos a carne da anta.

Quando o jabuti voltou apenas encontrou o couro de anta, e disse:

— Deixa estar, onça velhaca, hás de me pagar algum dia esse desaforo que me fizeste.

Saído dali, andou por muitos dias seguidos. Ia pelo caminho pensando como se vingar da onça, quando se encontrou com um bando de macacos, em cima de uma bananeira, comendo bananas.

— Olá, compadre macaco, atira uma banana para mim — disse o jabuti.

— Por que não sobes? Não és tão prosa jabuti?

— Vim de muito longe, estou cansado.

— Pois o que posso fazer é ir buscar-te daí de baixo cá para cima — disse um dos micos.

— Pois, então, vem.

O Macaco desceu, pôs em cima o jabuti, que ali ficou dois dias, por não poder descer.

No terceiro, apareceu uma onça, a mesma que se tinha encontrado com ele perto da anta.

— Olá, jabuti, como subiste nesta bananeira?

— Muito bem, onça.

A Onça que estava com fome, disse:

— Ó jabuti, desce cá para baixo.

— Só se me apararares na boca, onça. Não quero me machucar, pulando daqui no chão.

A onça abriu a boca e o Jabuti deu um pulo, mesmo na goela do bicho, que morreu imediatamente.

Então o jabuti saiu gritando.

— Matei uma onça, meus parentes, vão ver debaixo das bananeiras!...

Uma outra onça que passava ouviu-o e perguntou:

— Jabuti, que estás dizendo?

— Não é nada, onça, é cá uma cantiga que sei.

E foi procurando um buraco para se esconder.

Assim que encontrou uma furna, parou e disse:

— Onça, sabes o que estava cantando? É isto: matei uma onça. Vá ver embaixo das bananeiras.

A onça ainda cavou um bocado, para ver se apanhava o jabuti, mas este já estava longe, porque a furna onde entrara era muito funda.

Desde esse dia, a onça anda à procura do Jabuti para se vingar, mas até hoje ainda não o encontrou.

A GATINHA BRANCA

Existiu há séculos passados um rei que tinha três filhos. Tendo medo de que eles tivessem desejos de reinar antes de sua morte, porque já corriam boatos que conspiravam contra ele, e não querendo deixar um

CONTOS DA AVOZINHA

lugar que tão dignamente ocupava, pensou que o melhor meio de viver em repouso era distraí-los com promessas cujo resultado seria iludi-los.

Uma vez chamou-os ao quarto e disse-lhes:

— Meus filhos, a minha avançada idade já não permite que me dedique aos negócios do reino com tanto cuidado como dantes, e quero que os meus vassalos não sofram. Por isso quero colocar a minha coroa na cabeça de um de vós. Haveis, porém, de concordar comigo que, para isso, é preciso que façais uma ação digna de tão grande presente. Quero, pois, que vós três procureis um cão lindo e fiel, que me faça companhia no resto dos meus dias. Aquele que me trouxer o animal mais bonito será o dono da minha coroa e, portanto, meu herdeiro!

Os moços ficaram admirados com o desejo de seu velho pai, mas resolveram ir procurar o animal que lhes havia de dar a sucessão do reino, prometendo que, no fim de um ano, àquela mesma hora, estariam de volta dando o resultado da incumbência.

Partiram os moços, cada um para o seu lado.

O príncipe Nestor, como era chamado o mais jovem, seguiu viagem, e não havia dia em que não comprasse um cachorrinho.

Mas, como não podia andar acompanhado de tantos animais, à proporção que comprava um mais bonito, abandonava os outros.

Ia seguindo sempre à procura de um animal lindo, quando uma noite foi surpreendido por uma tempestade no meio de uma floresta.

Subiu a uma árvore muito grande, que havia perto do lugar onde estava, para se abrigar da chuva e poder passar a noite, quando viu ao longe uma luzinha.

Desceu imediatamente, e foi caminhando na direção daquele farolzinho.

Chegou à porta de um castelo, o mais soberbo que se pode imaginar, todo de ouro, com muros de porcelana transparente, representando todas as histórias de fadas que há no mundo.

Aproximando-se da porta, bateu a campainha, cujo som, repercutindo lá dentro, parecia ser de ouro ou de prata.

Passados poucos segundos, abriu-se a porta, sem que ele visse outra coisa senão uma dúzia de mãos no ar, segurando archotes para alumiar sua passagem.

Ficou tão admirado que hesitava em entrar, quando sentiu que o empurravam para a frente.

Começou a andar ao acaso e sempre maravilhado de ver salas, com mais de mil velas cada uma, e cada qual de uma qualidade: de ouro, de prata, de marfim, de pérolas, de tudo quanto é precioso neste mundo.

Depois de ter atravessado as salas, as mãos que o conduziram até ali fizeram-no parar, e viu um sofá encostado a um fogão.

99

Sentou-se e sentiu mãos começarem a despir-lhe a roupa molhada que trazia, substituindo-a por uma bela camisa bordada a ouro com botões de pérolas.

Com esse novo vestuário, as mesmas mãos empurraram-no a um quarto contíguo, onde viu um lavatório, espelho, perfumarias as mais esquisitas, enfim, tudo quanto é necessário a um moço para se vestir.

Sentou-se em uma cadeira de marfim, e começaram a fazer-lhe a barba, penteá-lo, frisá-lo e mudar-lhe a camisa por uma roupa mais própria e de riqueza nunca vista.

As mesmas mãos, depois de o príncipe Nestor estar pronto, conduziram-no a uma sala, admirável pelos seus enfeites.

A mesa estava posta com dois talheres, o que intrigava em excesso o príncipe, a ponto de se julgar no inferno.

A sua admiração chegou ao auge quando, a um sinal dado, viu uma porção de gatos, de diversas raças e cores, entrar cada um com um instrumento e seguidos de um gato de óculos, com um rolo de papel embaixo do braço.

Subiram os bichinhos para um estrado e começaram a tocar, cada qual de sua maneira, de sorte que formavam a orquestra mais engraçada que jamais se tem imaginado, pelas caretas que os bichinhos faziam, o que provocou ao príncipe gargalhadas estrepitosas.

Pensava Nestor em todas as coisas que lhe haviam acontecido naquele castelo, quando viu entrar uma figurinha, coberta com um véu de crepe, e com dois gatos fardados segurando a cauda do seu vestido preto, também de luto e de espada à cinta.

Seguia-se um cortejo de gatos, cada um trazendo ratoeiras cheias de ratos, camundongos e morcegos.

O príncipe não sabia como se ter de tanta surpresa, quando a figura se aproximou dele, e viu uma bela gatinha branca.

Tinha um ar triste, e começou a miar tão docemente que quem a ouvisse se sentiria pesaroso.

Chegou-se ao moço e falou-lhe:

— Filho de rei, sê bem-vindo; a minha real majestade te recebe com gosto.

— Excelentíssima gatinha — disse o príncipe —, sois tão generosa em me receber com tanto agrado, que não me pareceis uma gatinha qualquer; o dom da palavra, que possuís, e este castelo tão rico são provas bastante evidentes do que vos digo.

— Príncipe — respondeu a gatinha —, acaba com teus galanteios; sou simples, em meus discursos e em meus modos, porém, tenho bom coração. Ordeno que sirvam ao nosso hóspede, e que os músicos se calem, porque o príncipe não entende o que eles dizem.

— E eles dizem alguma coisa? — replicou o príncipe.

— Sem dúvida — continuou ela. — Temos aqui poetas de muito espírito; e se demorares aqui algum tempo, ficarás convencido do que te digo.

Serviram o jantar, e o príncipe viu dois pratos, com um ratinho assado, e outro com uma carne que ele não conheceu. Ficou com repugnância em comer tal comida, porém a gata, adivinhando o que se passava no espírito do moço, asseverou-lhe que o outro prato era feito de propósito para ele, e que por isso não precisava ter escrúpulos.

O príncipe acreditou no que lhe dizia a gatinha e jantou muito bem, admirando somente um retrato que viu no colar da gatinha, onde reconheceu a fotografia de um homem muito bonito, e que se parecia um pouco com ele.

Perguntou de quem era aquele retrato; a gatinha ficou mais triste e não respondeu.

Com medo de contrariá-la, levantaram-se da mesa, sem mais o jovem moço se ocupar com a fotografia.

Depois do jantar, foi o príncipe Nestor convidado para assistir a um espetáculo no teatro do palácio, e ficou maravilhado de ver doze gatos e doze macacos dançarem como as mais afamadas bailarinas.

Acabado o espetáculo, esteve o príncipe a conversar com a gatinha, admirando cada vez mais como ela era instruída em todas as histórias dos príncipes e reis do mundo.

Já era mais de meia-noite, quando os dois se deram as boas noites, e foram deitar-se.

No dia seguinte, estava o príncipe ainda deitado, quando lhe apareceram duas mãos que traziam numa bandeja de ouro e brilhantes um cartão da gatinha, convidando-o para uma caçada.

O príncipe levantou-se, vestiu-se, e foi ter com a gatinha, que já encontrou montada em um macaco, oferecendo-lhe ela um cavalo de pau, que corria mais que o melhor animal deste mundo, e tanto como o vento.

A caçada era feita pelos gatos aos coelhos, e era de se admirar como podiam estes animais caçar aqueles.

* * *

Levava Nestor essa boa vida, e havia esquecido o fim de sua viagem, entretido como estava pelos divertimentos que a toda hora lhe proporcionava a gatinha, quando um dia esta lhe disse:

— Sabes que só tens três dias para procurar o cãozinho que teu pai deseja, e que teus irmãos já encontraram dois, lindos?

O príncipe, admirado de sua negligência, exclamou:

— Por que encanto secreto esqueci a coisa mais importante deste mundo, para mim? Onde poderei encontrar um cão como desejo, e um cavalo bastante rápido para fazer tantas léguas em tão pouco tempo? A gatinha, vendo-o tão inquieto, acalmou-o:

— Sossega; sou tua amiga; podes ficar ainda um dia em meu palácio; e conquanto daqui ao teu reino haja quinhentas léguas, o meu cavalo de pau vai lá em menos de doze horas.

— Agradeço-vos muito, bela gatinha, mas não é preciso somente chegar a casa de meu pai; é necessário também encontrar um cão, e onde irei agora achá-lo?

— Pois toma esta amêndoa — disse-lhe a gatinha. — Lá dentro está um cãozinho.

— Oh! — disse o príncipe. — Vossa majestade quer caçoar comigo?

— Não; se não acreditas, encosta-a ao ouvido, que escutarás o latido.

O príncipe obedeceu; e quando ouviu o "au-au" do cachorrinho, ficou maravilhado; e queria por força abrir a amêndoa para ver o animalzinho.

A gatinha proibiu-lhe que assim procedesse, dizendo que só devia abri-la em presença do rei seu pai.

Nestor despediu-se da bichinha, dizendo-lhe que se sentia pesaroso em deixar uma gata tão gentil, e suplicou-lhe ardentemente para que fosse a seu palácio, onde seria muito bem tratada.

A gatinha deu um suspiro triste, e não respondeu.

O moço montou no cavalo de pau e voou ao palácio do rei, onde encontrou os irmãos, que estavam chegando naquele instante.

Quando os três príncipes chegaram à presença do velho rei, este não sabia qual dos dois cães trazidos era o mais bonito, tão lindos eram. Perguntou a Nestor onde estava o animal que devia trazer.

— Está aqui, meu pai — e mostrou-lhe a amêndoa.

O rei supôs que o filho queria caçoar, e já estava disposto a mandar castigá-lo severamente pela sua falta de respeito, quando o moço abriu a amêndoa, de onde saiu um cãozinho, do tamanho de um caroço de feijão, a latir, a pular e a saltar, que era um gosto.

Todos foram de acordo haver sido Nestor quem trouxera o animal mais lindo. Mas o rei, que não se achava com disposição de lhe ceder a coroa, disse:

— Na verdade, meu filho, foste tu que ganhaste o prêmio. Mas, para não descontentar a teus irmãos, quero uma segunda prova. Tragam-me, daqui a um ano, um pano que seja capaz de atravessar o fundo da agulha mais fina que houver em todo o reino.

* * *

Partiram os príncipes à procura do que lhes pedia seu pai, pensando onde poderiam encontrar pano tão fino que passasse pelo fundo de uma agulha, e desanimados de conseguir o que lhes fora pedido. Nestor montou no cavalo de pau e partiu para o palácio da gatinha, a quem foi pedir proteção e conselho. As mãos que da primavera vez o tinham recebido, assim que ele chegou, levaram-no à presença da gatinha, que lhe falou:

— Príncipe, senti muito a tua partida, e não contava mais te ver, porque te estimo muito, e desejava a tua volta. Infelizmente, do que desejo neste mundo, nada tenho conseguido. Falemos sobre o assunto que mais te interessa. Já sei a que vens; o que teu pai pede é muito difícil de se conseguir, senão quase impossível. Como tenho, porém, aqui no meu reino, tecelões admiráveis, vou fazer a tua encomenda e estou de certa que eles envidarão todos os esforços para me serem agradáveis.

Nestor começou a viver no palácio da gatinha a mesma vida que dantes. Tendo sempre com que se distrair — festas de todas as espécies — esqueceu-se do fim da sua segunda visita.

Uma tarde em que conversava com a gatinha, cada vez mais admirado de tanto espírito do animalzinho, ela lhe disse:

— Príncipe, é amanhã o dia em que deves apresentar a teu pai o pano que ele te encomendou. Já te esqueceste?

— Palavra que me tinha esquecido, minha formosa gatinha, do fim a que voltava a este palácio. A vossa companhia é tão encantadora, que de bom gosto passaria o resto da minha vida aqui. O único sentimento que tenho é não serdes mulher, para eu viver de joelhos, vos adorando. Mesmo assim, basta que me dês consentimento que aqui ficarei, não querendo mais saber do direito que tenho sobre a coroa d'el-rei, meu pai.

— Príncipe, o que me pedes é impossível. Volta ao palácio de teu pai, a quem não deves abandonar por amor de uma triste gata.

— Mas como voltarei eu, se de todo me esqueci de procurar o pano e de hoje até amanhã não o poderei haver, nem que tenha o auxílio do cavalo de pau?

— Sossega, príncipe Nestor — disse ela muito triste —, eu me incumbi de arranjar o pano que teu pai deseja. Ei-lo aqui. Vai, e lembra-te da tua amiga, a gatinha.

Entregou-lhe uma caixinha do tamanho de um dado.

O príncipe não podia supor que dentro de uma caixinha tão pequena houvesse um pedaço de pano. Mas, como a gatinha não gostava de caçoar, aceitou o microscópico embrulho, com recomendação de só abri-lo em frente ao rei.

Montou no cavalo de pau que lhe dera a gatinha e em dez horas viajou quinhentas léguas.

Assim que chegou ao palácio, viu dois cavaleiros saltando de dois cavalos, e reconheceu os dois irmãos.

Estes indagaram do príncipe Nestor se tinha arranjado a peça de pano, ao que lhes respondeu que não, porque o mais fino pano que encontrara só passava pelo anel de uma criança.

Chegaram os dois príncipes à presença do rei, que os julgou sem direito à coroa, pois a peça de pano que levavam só passava pelo fundo de uma agulha de coser sacos.

Voltando-se para seu filho mais moço:

— E tu, meu filho, foste tão feliz como da outra vez?

— Suponho que sim, meu pai. Aqui está a peça de pano que o senhor deseja. Tem cem metros de comprimento por trinta de largura.

Apresentou a caixinha que lhe havia dado a gatinha.

O rei não quis acreditar que uma caixinha do tamanho de um dado pudesse conter tanto pano, mas para se certificar, abriu-a.

Encontrou dentro uma caixa de vidro.

Todos começaram a duvidar do jovem príncipe, quando este pediu a seu pai que abrisse a segunda caixinha.

Este abriu-a e encontrou um grão de milho.

Aumentaram as zombarias ao príncipe Nestor, dizendo que tinha sido enganado, e ele mesmo, um tanto envergonhado, disse consigo mesmo:

— Será possível que a gatinha branca me tenha ludibriado?

Nestor sentiu uma arranhadela na mão. Compreendeu que era a gatinha, que não queria que ele duvidasse de sua palavra, e, virando-se para todas as pessoas presentes, disse:

— Garanto a todos que encontrarão cem metros de pano de comprimento por trinta de largura.

O rei já se via satisfeito, porque a coroa não passaria a nenhum dos seus filhos, e, para contentar o príncipe Nestor, mandou que ele quebrasse o grão de milho.

Este imediatamente partiu-o, e encontrou um grão de ervilha, que também quebrou, tirando de dentro um pano tendo em todo o comprimento e largura pintadas todas as qualidades de pássaros, peixes e animais.

Todos se admiraram de ver um pano assim, e foram de acordo que a coroa pertencia a Nestor.

Todavia, o rei desta vez ainda não quis ceder, dizendo:

— Meus filhos, é a última experiência que faço. De bom grado daria o meu reino a meu filho mais moço, que é o que se tem saído melhor em suas aventuras, porém acho que um homem solteiro não governa bem um reino tão importante como é o meu. Por isso dou-vos um ano de prazo para trazer a mulher mais bonita que encontrardes. Aquele que trouxer a que mais me agradar, será o rei meu substituto, e casar-se-á com a moça. Quero gozar a minha velhice cercado de netinhos.

Os três príncipes saíram do castelo, indo Nestor, no seu cavalo de pau, em direção ao palácio da gatinha.

Chegando ali, contou-lhe qual a incumbência que o pai lhe fazia, dizendo achar impossível consegui-lo.

— Não, príncipe, eu te ajudarei no que puder. Talvez saiba de alguma moça formosa, que queira tua companhia.

— Não, minha gatinha, estou disposto a não voltar mais ao palácio; e peço-te o que já pedi uma vez: amo-te muito, e o meu maior desespero é ficar sem tua companhia.

— Não penses nisso, príncipe. Cuidemos do meio de fazer a vontade a teu pai, e, enquanto não a encontrarmos, divirtamo-nos.

Passou o príncipe mais um ano no palácio da gatinha, e já estava esquecido do que viera ali fazer, quando um dia lhe disse a sua amiga:

— Meu caro príncipe, é depois de amanhã que deves estar no palácio do rei, com a moça que levarás, e previno-te de que arranjei uma, linda como os amores.

— Pois eu, minha gatinha, desisto de tudo, porque uma das condições que meu pai apresentou foi aquele que levar a moça mais boita casar-se com ela, e eu não quero deixar de gozar tua preciosa companhia.

— Não, príncipe Nestor, deves fazer o que te digo, que é para teu bem, e talvez para o meu. Arranjei a moça que procuras, mas é preciso um sacrifício de tua parte, para levá-la.

— Diz-me qual é, que o farei, uma vez que é para meu benefício, e talvez para o teu, como dizes.

— Só terás a moça, que é de uma beleza nunca vista, se me cortares a cabeça e a cauda, e as jogares no fogo.

— Isso, não, gatinha: prefiro morrer, abandonar todos os reinos da terra, a ter que fazer tal barbaridade.

— Mas olha que é preciso; e se me tens a amizade que dizes, faze o que te peço de joelhos, que é para meu benefício.

— Pois bem, fá-lo-ei, se jurares que nada te acontecerá.

— Garanto-te que até serei mais feliz.

Nestor fez o que lhe disse a gatinha.

Com mão trêmula pegou num facão, que ali aparecera por encanto, e de olhos fechados cortou-lhe a cabeça e o rabo.

Quando abriu os olhos, ficou deslumbrado.

Em sua frente estava uma moça de uma beleza extraordinária, que lhe disse:

— Obrigada, príncipe, pelo serviço que acabas de me prestar. Estou às tuas ordens, para irmos ao palácio d'el-rei, teu pai. Sou uma princesa, transformada na gatinha que conheceste, por uma fada má, inimiga da minha madrinha, a fada Beleza. Só me desencantaria quando um príncipe me amasse no meu invólucro de gata, e me matasse. Salvaste-me, e hoje sou a rainha Marocas, senhora de seis reinos. Vamos ter com teu pai que, estou certa, não me recusará para nora.

O príncipe estava estupefato ante um fato tão estranho, e em frente de uma formosa mulher, tão linda como nunca vira em sonhos.

Marocas mandou que seus vassalos, que eram os antigos gatos, também desencantados, preparassem a carruagem que os devia levar ao reino do pai do príncipe Nestor.

Era um lindo carrinho puxado por dez mil casais de pombos brancos, atrelados por cordões de ouro, onde, de espaço a espaço, havia um brilhante do tamanho de um grão de milho.

Quando os dois jovens chegaram ao palácio do rei, foi uma surpresa geral.

Os dois irmãos de Nestor não quiseram mostrar as suas noivas, envergonhados, embora fossem formosíssimas.

O rei, vendo aquela mulher com seu filho, lhes disse:

— Agora, meu querido filho, tens o direito à minha coroa, e estimo-o bem, vendo que vou ter uma nora como não há igual. Só ela vale todos os reinos que existem.

— Real majestade — disse a rainha Marocas —, desculpai se não aceitamos vossa coroa. Pretendemos somente o vosso consentimento para nos casarmos. Podeis ficar com o vosso reino, e com mais um, que vos ofereço. Os meus cunhados serão reis de dois reinos, também da minha coroa, porque nos bastam, a mim e ao príncipe Nestor, três reinos que governaremos em boa harmonia.

O rei ficou contentíssimo com o que acabava de ouvir.

Efetuaram-se os casamentos dos três príncipes irmãos, no mesmo dia, com as maiores pompas que têm havido em casamentos de príncipes.

Cada um dos três príncipes foi tomar conta dos seus reinos, ficando satisfeitos e vivendo felizes por muito tempo.

O DR. GRILO

Filho de um simples operário, Carolino lembrou-se um dia de se intitular adivinho. Era um moço esperto como poucos, e viu que este mundo era dos espertalhões. Anunciou que curava todas as doenças e que era capaz de adivinhar quantos segredos houvesse.

Lembrando-se, porém, de que ninguém é profeta em sua terra, Carolino mudou-se da cidade. Foi residir na capital do reino, onde toda a gente o conhecia por dr. Grilo, em vista da sua imensa altura e extraordinária magreza.

* * *

Em pouco tempo, o dr. Grilo tornou-se célebre. Com charlatanice, conseguia coisas maravilhosas.

* * *

Sucedeu, entretanto, que o rei, sabendo daquilo, mandou chamá-lo ao palácio.

O dr. Grilo para lá se dirigiu, tremendo de susto, sabendo que o soberano era malvado e que com ele ninguém brincava.

Apresentando-lhe a mão fechada, ordenou-lhe sua majestade que dissesse o que era que ali estava.

Vendo-se naqueles assados, o rapaz exclamou:

CONTOS DA AVOZINHA

— Ah! Grilo! Em que mãos está metido!
— É verdade — disse o rei, abrindo a mão. — É mesmo um grilo que tenho aqui.

* * *

Tempos depois, o monarca fê-lo comparecer novamente à sua presença:
— De que bicho é este sangue? — indagou, apresentando um frasquinho.
O adivinho, desesperado, não tendo outra coisa que fazer, disse:
— Aí é que a porca torce o rabo.
— É de porca mesmo. Adivinhaste — disse o rei.
Passado um mês, como prosseguissem os sucessos assombrosos do rapaz, o soberano mandou que o trouxessem, pela terceira vez.
Ordenou-lhe, sob pena de morte, que descobrisse os ladrões de um tesouro real.
Os verdadeiros gatunos, que eram três criados do paço, receando que o dr. Grilo de fato adivinhasse, foram ter com ele e suplicaram-lhe que os não deitasse a perder.
O rapaz, sem perda de tempo, denunciou-os ao rei.
Grilo foi nomeado, então, médico do hospital militar.
Havia nessa ocasião uma grande epidemia que grassava entre os soldados, sem que médico algum soubesse descobrir o que era.
Assim que foi nomeado, o falso doutor dirigiu-se à enfermaria e declarou que, no dia seguinte, iria autopsiar todos os enfermos, mesmo os vivos.
Pela manhã estavam todos bons e o hospital completamente vazio, pois os soldados nada tinham, fingindo-se doentes, a fim de não irem para a guerra.
O rei, acreditando na ciência de Carolino, deu-lhe carta de nobreza e grandes riquezas.

O GRANDE ADVOGADO

Gustavo era um simples lavrador, mal sabendo ler e escrever. Desejando, porém, ter um doutor na família, mandou Lucas, seu filho, para São Paulo estudar Direito.
O rapaz, porém, meteu-se na pândega, gastou todo o dinheiro que o velho lhe enviava com grandes sacrifícios, e ao cabo de cinco anos, sabia tanto como quando ali chegara.
Aí chegando, quis aparentar que era muito instruído, e vendo que os cães latiam, não o conhecendo, bradou-lhes:
— *Ó canes de mi patri, non conhecetis vostrum amum?*
O pai, ouvindo, aquilo, ficou cheio de alegria e disse para a mulher:

— Joana! Que bem empregado foi o nosso dinheiro. Olha que o doutor até fala latim com os cachorros!

* * *

O lavrador, nessa ocasião, estava a braços com uma demanda e mandou que o filho fosse advogá-la.

Vendo que os juízes, escrivães e mais gente do foro eram tão lorpas como ele, o rapaz apresentou-se sem receio, impando vaidade, de chapéu à cabeça, falando alto:

— *Ed nabis in saqui! Quid espigoide! Ego mettidum cum ladrones e burrurum. Pagavit cum lingue de pau!*

Ouvindo aquele arrazoado, os demandistas acharam mais razoável desistir do processo, mesmo porque não tinham razão, e o velho lavrador era o legítimo dono das terras.

E foi assim que o rapaz se viu elevado a grandes alturas, considerado o primeiro advogado do mundo.

OS ANÕEZINHOS FEITICEIROS

Honório Pereira e Leandro Pacheco saíram um dia de casa, para correr mundo, até encontrarem onde pudessem ganhar honradamente a vida.

Ao cabo de muitas semanas de jornada, à hora do anoitecer, enquanto caminhavam, cansados de tanto andar, ouviram os sons longínquos de uma deliciosa música, cada vez mais distintos, à proporção que se iam aproximando.

Era uma harmonia estranha, mas tão suave ao mesmo tempo que esqueceram a fadiga sentida depois de tão longa e penosa viagem, para se encaminharem a toda a pressa em direção ao lugar de onde pareciam vir aqueles dulcíssimos sons.

A lua brilhava majestosa e clara, quando chegaram à encosta de um monte.

Aí viram numerosos grupos de pequeninos anões dançando alegres, de mãos dadas, fazendo roda como na brincadeira da "Sinhá viuvinha das bandas dalém".

No centro achava-se um velhinho, mais bem-vestido que os outros, imponente, com a sua longa barba muito branca, que lhe chegava quase até os joelhos.

Assim que o velho — naturalmente o Rei dos Anõezinhos — avistou os dois companheiros, fez-lhes amistosos sinais com a mão, para que se aproximassem, e os dançarinos abriram a roda, dando passagem franca.

Leandro, que era um pouco corcunda, e ousado, como a maior parte das pessoas assim defeituosas, penetrou no círculo, sem a menor hesitação. Pereira, mais acanhado e tímido, vendo a resolução do camarada, resolveu-se a imitá-lo.

Fechou-se em seguida a roda dos alegres foliões, que recomeçaram com as suas músicas, bailados e cantigas.

Os dois aventureiros estavam admirados. Era a primeira vez que viam homens e mulheres, perfeitos como todo mundo, com a única diferença de que o mais alto não chegava a ter um metro de altura.

Contemplavam com espanto aquela cena, quando o anãozinho-chefe tirou do bolso uma grande navalha, afiada, e dirigiu-se para eles.

Ficaram transidos de medo, mais mortos do que vivos, pensando que iam ser assassinados.

O velhote, sem pronunciar palavra, agarrou os dois viajantes — primeiro um e depois o outro — e, num abrir e fechar de olhos, raspou-lhes completamente as caras e as cabeças, dizendo depois:

— Vocês fizeram muito bem em consentir que eu os barbeasse. Em paga vou dar-lhes um presente. Levem consigo um bocado daquele coque que ali está.

Apontou para um monte de carvão, que havia a um lado, e os dois, obedecendo, encheram os bolsos de pedras de vários tamanhos, embora não pudessem saber para que lhes serviriam elas.

Saindo dali, caminharam para a vila mais próxima.

Na estalagem em que pernoitaram, de tão fatigados que estavam, dormiram assim mesmo vestidos, esquecendo até de tirar os pedaços de carvão de pedra que haviam guardado nas algibeiras.

Pela manhã, ao despertarem, quando iam levantar-se, sentiram-se extraordinariamente pesados, quase sem poderem mover-se. Lembraram--se, então, do presente dos anõezinhos e foram vê-los.

Em vez de pedaços de coque feios e pretos, foi com surpresa e contentamento que encontraram lindíssimos e enormes diamantes de extraordinário brilho e fabuloso valor. Em lugar também das cabeças peladas e caras lisas com que se tinham deitado, viram-se de novo com bons cabelos e belas barbas.

Estavam ricos, mas o corcunda Leandro não se contentou com a sua sorte. Não quis prosseguir na viagem naquele mesmo dia, e mal anoiteceu dirigiu-se sozinho — porque Pereira não o quis acompanhar — para a montanha onde encontrara os anõezinhos.

Chegando aí, repetiu-se ponto por ponto a cena da véspera. Depois que o chefe dos anões o barbeou, mandou-o apanhar carvão. Pacheco, que se tinha prevenido, encheu dois grandes sacos, transportou-os dificultosamente, arfando de cansaço, suando com abundância, até a hospedaria.

Na manhã seguinte, despertou cheio de curiosidade, pela madrugada ainda, e correu pressuroso a ver os sacos, mas só encontrou as mesmas grosseiras pedras de que tinha catado na véspera. Ficou desesperado, mas lembrou-se que ainda era muito rico, possuidor dos brilhantes da primeira noite.

Foi contemplá-los; eles, porém, haviam tornado à sua primeira forma, e ele estava outra vez pobre, paupérrimo, como saíra da sua aldeia.

Para cúmulo do caiporismo e castigo de sua desmedida ambição, viu-se sem um só fio de barba e de cabelo, e a sua corcunda crescera, muitíssimo desenvolvida.

Honório Pereira, porém, consolou-o, pondo à sua disposição metade dos diamantes que possuía, depois de aconselhá-lo que, para o futuro, não fosse ambicioso de riquezas e se contentasse com a sorte.

A CASA MAL-ASSOMBRADA

Isolada de outras habitações havia uma casa onde ninguém morava, porque se dizia que era mal-assombrada: à meia-noite ouviam-se ruídos de correntes, gritos, gemidos e suspiros, e uma luzinha brilhava, ora numa janela, ora noutra. O proprietário não achava alugador, e mesmo não queria saber dela, que ia se arruinando pouco a pouco.

Um dia procuraram-no duas mulheres — mãe e filha — muito pobres, que acabavam de ser expulsas da casinha em que moravam. Pediam-lhe licença para ocupar a casa mal-assombrada.

O homem admirou-se daquele pedido, e depois de avisá-las dos perigos que corriam, consentiu sem dificuldade.

As duas mulheres no mesmo dia mudaram-se.

Eram onze horas da noite, quando foram se deitar, nada tendo visto nem ouvido de extraordinário. A mãe, como já era velha, e se sentia cansada das arrumações, dormiu logo. A filha, porém, ficou acordada, rolando na cama, sem conseguir adormecer.

Uma hora depois, ouviu o sino da matriz bater meia-noite. No mesmo instante a moça escutou um ruído estranho, enquanto uma voz gemia.

— Eu caio...! Eu caio!...

Ela olhou para cima, de onde parecia vir a voz. Nada via, mas disse:

— Pois cai, com Deus e a Virgem Maria!

Do teto do quarto caíram duas pernas.

A mesma voz assim falou mais três vezes, e a rapariga, dando sempre a mesma resposta, viu cair sucessivamente o tronco, os braços e a cabeça de um homem.

Os quatro pedaços reuniram-se, e apareceu uma criatura humana, tão pálida como um cadáver, que lhe falou:

— Se não tens medo, vem comigo.

Adelaide acompanhou-o atravessando toda a casa, até chegarem ambos ao quintal.

Aí, debaixo de um tamarindeiro, o morto mandou-a cavar a terra, encontrando uma lata com dinheiro, que transportaram para dentro.

Chegando ao quarto, disse-lhe o defunto:

— Eu sou uma alma penada, que ando sofrendo por causa deste dinheiro. Quando era vivo roubei-o a uma pobre viúva, desgraçando-a bem como aos órfãos, seus filhos. Deste dinheiro, a metade é para você e sua mãe, e a outra metade é para distribuir com os pobres, e mandar rezar cem missas por minha alma.

Acabando de falar, a alma penada desapareceu.

Adelaide fez tudo o que ele havia mandado, e ficou rica para o resto da vida.

AS AVENTURAS DO ZÉ GALINHA

José Joaquim de Souza e Silva veio de Portugal e foi para Jacarepaguá, onde se estabeleceu, protegido pelo Manuel da Venda, seu primo. Aí dedicou-se ao comércio de aves domésticas e ovos, que comprava em porção, enviando-os em seguida para a Praça do Mercado e outros pontos da cidade. A sua lida com a criação desde pela manhã até à noite, durante anos, sempre na mesma casa, eternamente no mesmo lugar, valeu-lhe a alcunha de Zé Galinha, porque era conhecido, verdadeiramente popular em Jacarepaguá e terras adjacentes. Ninguém sabia quem era o Souza e Silva, nem José Joaquim. Perguntassem, porém, pelo Zé Galinha, que todo mundo apontaria a sua casa.

E o Souza desesperava-se com aquilo: desgostava-o o apelido que lhe haviam posto, e daria bem um par de mil réis se conseguisse ser chamado de outra forma. Nos primeiros tempos, quando começara a vida, pouco lhe dava que o chamassem assim ou assado; queria ganhar dinheiro, fazer fortuna e volver à aldeia.

Mas, depois de vinte anos, aclimatado em Jacarepaguá, rico, já casado e com filhos, resolveu-se ficar. Abraçou outro ramo de negócio, abriu um grande armazém de secos e molhados, e acabou o negócio de galinhas, patos e perus.

A alcunha, porém, ficou. Ele era o Zé Galinha. Parecia até que aquilo era proposital. Quanto mais se enfurecia, e maiores esforços empregava para que o apelido fosse esquecido, toda a gente se obstinava em chamá-lo assim.

Foi então que o Souza resolveu comendadorizar-se. Veio ao Rio e conversou com o barão de São Caetano, chefe da Colônia, assinou dez contos de réis para o Asilo dos Órfãos Lusitanos, recentemente fundado, e esperou a comenda.

Durante uma semana passou ele na cidade, divertindo-se à farta, para compensar um pouco a sua vida cheia de trabalhos.

Havia chegado no domingo, e o João Carne-Seca, da rua das Violas, em cuja casa se hospedara, levou-o ao teatro, que ele não conhecia.

A princípio o Zé Galinha não queria ir, mas o outro influiu-o tanto, animou-o de tal forma, que se resolveu finalmente.

Enfiado numa sobrecasaca de pano, comprada feita na rua do Hospício, encartolado, de calças e botinas de verniz, o futuro comendador ficou disfarçado. Nem ele mesmo o conheceu!

Ao entrar no Cascata, onde João ia tomar café, a sua figura exótica refletiu-se em um dos espelhos. E como caminhasse em frente, vendo aquele cavalheiro que se dirigia para ele, em sentido oposto, recuou delicadamente para a direita, a fim de ceder o lugar. E vai o "outro" justamente na mesma ocasião, recua. O Zé à esquerda; o "outro", idem. O Zé parou; o "outro" imitou-o.

Vendo aquela contradança, o João, que já estava sentado, perguntou-lhe:

— Que diabo estás a fazer aí, ó Souza?

E o Souza, sorrindo-se, medonhamente encalistrado:

— Estou dando o lugar para aquele cavalheiro passar.

O João rompeu numa gargalhada colossal:

— Ó rapaz! Pois não estás vendo que aquilo é a tua imagem no espelho?

Saindo do café, dirigiram-se os dois para o teatro.

Deslumbrado, nunca tendo visto aquilo, o nosso homem quase não podia caminhar. Foi com dificuldade que João o arrastou até as cadeiras, em uma das filas centrais.

Já havia começado o espetáculo, e o negociante permanecia de pé, não consentindo assim que os espectadores das filas atrás vissem o que se representava.

Então, algumas pessoas, aborrecidas com aquele estafermo, das torrinhas e da plateia bradaram:

— Senta!... Senta!...

Zé Galinha, imperturbável, voltou-se para trás, e no meio do silêncio que se fizera, respondeu:

— Não se incomodem, meus senhores; estou bem de pé, muito obrigado.

Cessado o ligeiro incidente, depois de alguns segundos de prolongada hilaridade, tendo João obrigado o companheiro a sentar-se, o Souza e Silva, conhecido em Jacarepaguá por Zé Galinha, assistiu calmamente à representação.

O primeiro ato correu sem novidade, salvo uma ou outra asneira, que perguntava ao companheiro em voz baixa, para não fazer novo fiasco.

Representava-se a comédia "Uma hospedaria na roça". Quando o ator entra em cena e procura pela mulher, que está escondida atrás da porta, volta-se para a plateia e interroga: "Onde estará ela? Onde estará a Chiquinha? Onde estará?" E leva alguns minutos a procurá-la com açodamento, examinando o aposento.

Nessa ocasião, o ilustre jacarepaguense não pôde resistir e, querendo mostrar a sua perspicácia, berrou:

— Está aí atrás da porta, escondida para que o senhor não a veja.

Durante a semana em que Zé Galinha passou no Rio de Janeiro, nem um só dia deixou de ir ao teatro. Ficara gostando imensamente e andava maníaco.

De volta para Jacarepaguá, levava na mala uma enorme coleção de dramas, comédias, cenas cômicas e monólogos, comprados na Livraria Quaresma, que principiou a ler com animação.

Estava lá à espera da comenda que o barão São Caetano lhe prometera, e que havia de desaparecer para sempre a sua terrível alcunha. Lembrou-se, então, de mandar edificar um teatrinho, onde tencionava representar, fundando também uma sociedade dramática.

Em menos de um mês estava tudo pronto, e inaugurava-se o "Ginásio Dramático Beneficente Estrela de Ouro de Jacarepaguá", sob a presidência do comendador José Joaquim de Souza e Silva.

O ilustre comerciante queria realizar imponentes festas para comemorar dignamente a sua comenda. Seriam três dias de pândega, havendo em todas essas noites espetáculos e bailes.

A primeira peça escolhida para a estreia foi a tragédia em oito atos "Dom Nuno Álvares" ou "O poder do lusitano".

O comendador Souza e Silva fazia o papel de conde de Tomar.

Ao aparecer na primeira cena, passeava lentamente, mudo, pensativo. A marcação da tragédia dizia: "O conde entra, mas não fala..."

E vai o Zé, avança pelo palco, e exclama com voz de trovão:

— O conde entra, mas não fala!

Como estava radiante o comendador José Joaquim de Souza e Silva! Durante aqueles três dias, nem uma só vez ouvira pronunciar a terrível alcunha de Zé Galinha. Jacarepaguá em festa tinha esquecido e agora só o chamava comendador.

Havia chegado a terceira noite, e nova tragédia ia exibir-se: "O punhal envenenado", ou "A nódoa de sangue".

Logo no primeiro ato, ao erguer-se o pano, o Souza apareça disfarçado com longa barba e longa cabeleira, de capa e espada. A cena, quase às escuras, fingia um bosque.

D. Rufo, o chefe dos salteadores, entrava e dizia:

— Noite propícia; nem uma estrela brilhando no firmamento!

Fez-se profundo silêncio quando ele apareceu, e a frase foi bem lançada.

Mas de repente, no meio da quietação sepulcral, ouviu-se uma voz de criança exclamar:

— Ó mamãe! Aquele não é o "seu" Zé Galinha?!

Escândalo nunca visto! Rebentou uma gargalhada, uníssona, colossal. Então o Souza, vendo perdido o seu tempo, o trabalho que tivera e o cobre com que comprara a comenda, ficou desnorteado; e arrancando com gesto brusco as barbas e a cabeleira, exclamou indignado:

— Zé Galinha é você, seu malcriado. O culpado fui eu, metendo-me com essa gentinha! Arria o pano!

E assim acabou-se o "Ginásio Dramático Beneficente Particular Estrela de Ouro de Jacarepaguá".

O CÁGADO E O URUBU

O cágado e seu companheiro urubu foram convidados para uma festa no céu. O urubu, querendo debicá-lo, disse:

— Então, compadre cágado, já sei que vai à festa, eu quero ir em sua companhia.

— Pois não — respondeu o outro —, contando que você leve a sua viola.

Separaram-se, ficando o urubu de ir à casa do cágado, para irem juntos.

No dia seguinte, logo muito cedo, o urubu apareceu. O cágado estava à janela, e assim que o viu voando, escondeu-se.

O outro entrou, e foi a mulher quem o recebeu. Convidou-o a passar para a sala de jantar.

— Venha cá para dentro tomar uma xícara de café. Deixe aí a sua violinha, que ninguém a quebra!

O cágado, assim que o urubu passou, meteu-se dentro da viola.

— E seu marido, comadre?

— Ora, mandou pedir muitas desculpas, mas já foi adiante.

O urubu, acabando o café, pegou na viola sem nada desconfiar, abriu voo e chegou ao céu.

Perguntaram-lhe pelo cágado, sabendo que haviam combinado vir juntos.

— Qual! Pois vocês pensam que ele vem? Quando lá embaixo ele nem sabe andar, quanto mais voar!

Pilhando-o distraído, o Cágado saiu da viola e apareceu no meio dos outros, que se admiraram muito ao vê-lo.

Dançaram e brincaram até tarde.

Acabada a festa, usando do mesmo estratagema, o cágado meteu-se dentro da viola.

O urubu descia voando, quando o cágado se mexeu sem querer.

— Ah! É assim que você sabe voar? Pois voa mais depressa — exclamou o companheiro, virando a caixa.

O cágado despenhou-se daquela imensa altura e, quando vinha chegando à terra, vendo que ia se esborrachar sobre uma pedra, começou a berrar:

— Arreda, pedra, senão eu te esborracho!

Quem caiu foi ele, que se achatou completamente, ficando com a forma que ainda hoje se conserva.

A PRINCESA ADIVINHA

Luísa era uma princesa que tinha tudo quanto podia haver de mais formoso. Quem a via ficava perdido de amores.

Pretendentes sem conta, todos os reis da terra apareceram, pedindo-a em casamento. Luísa recusou-os, declarando que só se casaria com o homem, fosse quem fosse, capaz de fazer uma adivinhação que ela não conseguisse decifrar.

Sabendo disso, um rapaz, conhecido por Zé Tolinho, quis ver se obtinha aquele impossível. Filho de um viúvo que se casara em segundas núpcias, a madrasta maltratava-o. Era um desgraçado, tanto lhe fazia viver como morrer.

Saiu de casa, em companhia de uma cachorra chamada "Pita", levando um pedaço de pão, que a madrasta lhe dera.

Ia reparando em tudo quanto via pelo caminho.

Sentindo fome, estava para trincar o pão, quando se lembrou de que a madrasta podia tê-lo envenenado.

Para experimentar, deu-o à cadelinha, que caiu morta no mesmo instante.

Estava a enterrar o pobre animalzinho e ia pô-lo no buraco que cavara, mas não teve tempo: uma nuvem de urubus desceu, e alguns mais ousados devoraram-na de pronto. Sete mais esfomeados, morreram.

Tolinho caminhou adiante, levando os urubus mortos.

Chegando a uma casa que havia à beira da estrada, três bandidos tomaram-lhe à força os urubus. Havia muitos dias que se achavam foragidos da polícia, e morriam de fome. Atiraram-se aos urubus, julgando que eram galinhas e morreram envenenados.

Vendo-os mortos, Tolinho escolheu a melhor espingarda, e prosseguiu na jornada.

Um pouco mais longe avistou um macaco trepado sobre uma árvore. Apontou a espingarda, fez fogo, mas errou o tiro, indo porém, matar uma pomba-rola que não vira. Depenou-a, assou-a, fazendo fogo com a madeira conhecida por santa-cruz, e comeu-a. Sentia sede, e não tendo água, aparou o suor que lhe escorria do rosto, e bebeu-o.

Terminado o frugal jantar, marchou pelo caminho em fora, encontrando um cavalo morto, levado pela correnteza do rio, enquanto os urubus o comiam.

Meia légua mais além, reparou que um burro escavava o chão, até encontrar uma panela com dinheiro, ali enterrada. Apanhou o dinheiro, montou no animal e chegou ao palácio.

Quando Luísa soube que um novo pretendente se apresentava, marcou a hora para a audiência.

No salão principal do régio paço, perante a corte, na presença dos maiores sábios e mais ilustres literatos, Tolinho compareceu, e propôs o enigma:

"Eu saí com massa e Pita;
A massa matou a Pita;
E Pita matou a sete,
Que também a três mataram,
Das três a melhor colhi,
E atirando no que vi,
Fui matar o que não vi...
Foi com a madeira santa
Que cozinhei e comi;
Bebi água, não do céu:
Um morto vivos levava;
E o que os homens não sabiam
Sabia um simples jumento...
Decifre, pra seu tormento..."

Em vão, Luísa tentou adivinhar o enigma.

Não o conseguindo, cumpriu a sua palavra, desposando Tolinho.

OS TRÊS MINISTROS

Miramil III, grande e poderoso monarca, tinha três ministros que se gabavam de saber tudo quanto havia, quando não passavam de homens vulgares.

Uma vez, saindo a passeio com eles, encontrou um velho, que lhes tirou respeitosamente o chapéu.

— Quanta neve vai pela serra! — disse o rei.

— Já é tempo dela, real senhor — respondeu o velho roceiro.

— Quantas vezes já queimaste a casa?

— Duas, real senhor.

— Quantas vezes tens de queimá-la?

— Três, real senhor.

— Se eu te mandar três patos, serás capaz de nos depenar?

— Quantos mandardes, real senhor.

Saindo dali, o soberano ordenou que os três ministros respondessem ao que ele havia conversado com o velho, sob pena de serem enforcados.

Os sabichões pediram uma semana de espera. Leram quantos livros encontraram, mas não puderam entender o que queria dizer o rei.

Resolveram, então, ir consultar o velhote às escondidas.

O velho comprometeu-se a responder com a condição de lhe darem eles a roupa que traziam consigo.

Os ministros aceitaram. Despiram-se:

— Quanta neve vai pela serra quer dizer que já tenho a cabeça muito branca, e por isso respondi que já era tempo dela, pois já era bem velho. Queimar a casa é casar uma filha, portanto, quem casa uma filha gasta tanto como se tivesse tido um incêndio. E os três patos para depenar são os senhores.

Quando o ancião acabou de falar, apareceu o rei, que se achava escondido.

Os três ministros ficaram com medo, mas o monarca sossegou-os. Não os mandou matar; condenou-os, porém, a dar bons dotes às três filhas do velho que ainda estavam por casar.

O PAI E O FILHO

Numa terra selvagem, havia o bárbaro costume de os filhos levarem os pais para o mato quando ficavam velhos e já não podiam mais trabalhar, para os deixar morrer de fome. Um dia, um rapaz, segundo aquela tradição, carregou o pai às costas e foi abandoná-lo no mato. Chegando aí, como tinha bom coração, deixou-lhe uma capa, a fim de o resguardar do frio.

— Tens aí uma faca, rapaz? — perguntou o velho, quando o filho se ia retirando. — Tenho, sim, senhor. Para quê?

— É para cortar um pedaço desta capa, a fim de servir para ti, quando teu filho te trouxer.

O rapaz ficou comovido, reconsiderou o seu ato e trouxe outra vez o pai, acabando assim com tão malvado costume.

A RAINHA DAS ÁGUAS

O Reino da Pérsia foi há séculos passados governado pelo rei Nebul. Esse rei, que vivia muito feliz governando o povo com sabedoria, um dia ficou cego. Mandou chamar todos os médicos do seu reino, todos os curandeiros, todas as feiticeiras, para lhe darem algum remédio que o curasse.

Nada puderam conseguir.

Já estava Nebul desanimado, e conformado com a sua triste vida, quando um dia apareceu uma velhinha, pedindo esmola.

Sabendo que o rei havia cegado, pediu para lhe ensinar o remédio que havia de o curar.

O rei mandou entrar a velhinha, que disse:

— Saiba vossa real majestade que no mundo só existe um remédio capaz de o fazer recobrar a sua preciosa vista. Existe num reino muitíssimo distante daqui uma fonte chamada da "Rainha das Águas". Se alguém conseguir um pouco dessa água e colocar sobre os olhos, imediatamente verá tão bem como um pássaro. Mas é muito difícil ir a esse reino. Quem for buscar a água deve se entender com uma velhinha que mora perto da fonte. Essa velhinha é quem há de informar se o dragão que vigia a entrada da fonte está dormindo ou acordado, porque a fonte está situada atrás de umas montanhas muito altas, e se alguém for visto pelo terrível bicho, morrerá no mesmo instante.

O rei Nebul deu à velhinha grande quantia e retirou-se para os seus aposentos.

Mandou preparar uma grande esquadra composta de duzentos navios, e enviou seu filho mais velho, o príncipe Agar, para buscar a água, dizendo que lhe dava o prazo de um ano para estar de volta, aconselhando-o que não saltasse em país algum, para não se distrair, e que, se naquele prazo não voltasse, seria considerado morto pelo dragão.

O moço partiu e, depois de viajar muito, foi aportar a um país estranho e muito rico.

Saltou em terra, e começou a se divertir a ponto de gastar todo o dinheiro que levava, e a contrair dívida, pelo que ficou preso.

Passado o ano, Nebul, não o vendo voltar, ficou triste, julgando-o morto.

Mandou preparar nova esquadra de quinhentos navios porque supunha que seu filho morrera na guerra que travara no Reino das Águas, em busca do remédio para a sua cegueira.

Enviou seu filho segundo, o príncipe André.

Fez-lhe a mesma recomendação:

— Se no prazo de um ano, meu filho, não estiveres de volta, terei que chorar tua morte.

Partiu André, e depois de muito viajar, aportou ao mesmo país que seu irmão Agar.

Aí, fascinado pelas festas, gastou tudo quanto levara, contraiu grandes dívidas e, como seu irmão, ficou preso.

Passado um ano, vendo o rei que o seu outro filho não voltava, ficou desanimado e sem esperanças de recuperar a vista, pois supunha que André houvesse tido o mesmo fim que o primeiro.

Então o mais moço, o jovem Oscar, que ainda era menino, foi se oferecer para ir buscar o remédio.

— Agora quero ir eu, meu pai; e se for, garanto que lhe trarei a água.

O rei começou a falar:

— Como queres tu ir, meu filho? Não vês a sorte de teus irmãos mais velhos? Que é feito deles? Morreram. Como posso eu deixar que faças semelhante viagem? Seria até um contrassenso.

O menino tanto insistiu, tanto pediu, tanto rogou, que afinal o rei, para o contentar, lhe concedeu a licença pedida.

CONTOS DA AVOZINHA

Mandou preparar uma esquadra de cem navios, menor que a dos dois príncipes, e disse a Oscar que partisse quando quisesse.

O menino, antes de partir, foi assistir à missa no palácio, e pediu com todo o fervor a Nossa Senhora que o protegesse na empresa a que ia se arriscar.

Partiu no dia seguinte, e depois de muito navegar, foi aportar no mesmo país onde estavam seus irmãos presos por causa das dívidas.

Pagou-as e soltou-os.

Os dois irmãos aconselharam-lhe que não continuasse a viagem, o que era tempo perdido, pois aquele país era muito divertido, e que se deixasse ficar por ali.

O menino nada quis ouvir, e, embarcando de novo, partiu em direção ao Reino das Águas.

Chegando aí, desembarcou sozinho e foi procurar a velhinha que morava perto da fonte, a qual, quando o viu, ficou admirada e disse:

— Ó meu netinho, que veio cá fazer? Olhe que você corre grande perigo. O dragão, guarda da fonte, que fica por trás daquelas montanhas, é uma princesa encantada que tudo devora. Procure uma ocasião em que esteja dormindo para entrar e repare bem que, quando estiver com os olhos abertos, é que está dormindo; mas, se estiver com os olhos fechados, acautele-se, senão morre.

O menino tomou as suas precauções, de modo que, ao chegar à fonte, encontrou a fera com os olhos abertos.

Aproximou-se da fonte, e encheu a garrafa que levava.

Já se ia retirando, quando o dragão acordou, e avançou sobre ele.

— Que atrevimento é esse, menino mortal, que faz com que tenhas a audácia de vir aos meus reinos?

O moço só teve tempo de desembainhar a espada.

Em um dos botes a fera foi ferida, e, com o sangue que gotejava, se desencantou numa formosa princesa.

— Devo casar-me com o homem que me desencantou. Dou-te um ano, jovem príncipe, para me vires buscar. Leva a água a teu pai, e volta. Se dentro desse prazo não estiveres aqui, irei buscar-te, onde estiveres.

Como sinal para ser reconhecido, deu-lhe a princesa um anel com um brilhante enorme.

O príncipe Oscar voltou ao país, passando pelo reino onde estavam seus irmãos, e levou-os para bordo, com o fim de os conduzir ao palácio do rei Nebul, seu pai.

Quando os dois irmãos mais velhos souberam que o principezinho tinha se saído bem da empresa, ficaram invejosos e planejaram roubar a garrafa que continha a preciosa água.

Essa garrafa estava na mala do príncipe Oscar, que a não deixava um minuto sequer, guardando consigo a chave, quando se ia deitar.

119

Propuseram ao irmãozinho dar um grande banquete a bordo do navio, convidando para isso toda a oficialidade, banquete esse em regozijo por se ter encontrado a água que havia de dar a vista ao velho rei Nebul.

O príncipe Oscar consentiu, e os irmãos, cujo fim era embebedá-lo, durante as saúdes que se fizessem, ficaram contentes com a aquiescência do principezinho.

Fizeram a coisa tão bem feita que o jovem Oscar se excedeu nas saúdes, a ponto de ficar embriagado.

Os dois irmãos, assim que o viram naquele estado, correram à mala, e trocaram a garrafa da fonte por uma de água do mar.

Oscar, assim que ficou bom, tratou de ver a sua mala, e, como a achou intacta, não desconfiou da troca.

Quando a esquadra se apresentou no posto da cidade onde vivia o rei Nebul, houve satisfação geral, sendo o principezinho recebido entre gerais aplausos.

Assim que deitou a água nos olhos de seu pai, este ficou desesperado de dor. Então, os dois irmãos, chamando o mais moço de impostor, trouxeram a garrafa que haviam roubado, e puseram a água nos olhos do rei, que recuperou imediatamente a vista.

Agar e André recebiam aplausos de todo mundo, que admirava a sua intrepidez, arriscando a vida em uma viagem tão perigosa.

O rei Nebul, não quis que o príncipe Oscar assistisse às festas. Mandou matá-lo, dizendo que um impostor, como ele, merecia ser queimado vivo.

No dia em que devia começar a festa em homenagem a tão valentes príncipes, seguiu de manhã cedo, para uma floresta muito longe do castelo, o príncipe Oscar, acompanhado de um batalhão enorme que devia matá-lo.

Os soldados, assim que chegaram no meio da floresta, tiveram pena do principezinho, e, em vez de matá-lo, cortaram-lhe um dedo, que foram levar ao rei Nebul como prova de sua morte.

Oscar, assim que se viu livre da morte, começou a procurar a vida, porque naquele lugar, tão deserto, morreria de fome ou nas garras de algum animal feroz, dos que ali havia em grande quantidade.

Depois de andar muito, foi ter à casa de um lavrador, a quem ofereceu os seus serviços.

O lavrador, vendo aquele menino só, naquele lugar deserto, tomou-o para escravo e o maltratava todos os dias.

Já havia passado um ano, e era esse o tempo marcado pela Rainha das Águas para o príncipe Oscar ir buscá-la, e efetuarem o casamento.

Não aparecendo, resolveu ela ir buscá-lo.

Mandou preparar uma esquadra de cem navios, e partiu em direção ao reino do rei Nebul.

CONTOS DA AVOZINHA

Aí chegando, mandou um dos seus generais avisar ao rei que lhe mandasse o príncipe que, um ano antes, tinha ido ao seu reino buscar água de uma fonte que lhe havia de restituir a vista, e que tendo o príncipe lhe prometido casamento, e não voltando, vinha à sua procura.

Mandava dizer ainda que se o príncipe não viesse, arrasaria a cidade em meia hora, com os poderosos canhões de sua esquadra.

Nebul, à vista da intimação, ficou aflito, e mandou que o príncipe Agar fosse a bordo se apresentar à princesa.

Chegando a bordo, lhe disse ela:

— Homem atrevido, como tens coragem de aparecer aqui? Onde está o sinal que te dei para o nosso reconhecimento?

O príncipe, que não tinha ciência de sinal algum, voltou para terra, envergonhado de ter feito figura tão triste diante de uma formosa dama.

A princesa enviou nova intimação ao rei Nebul, e este, cada vez mais aflito, fez ir seu filho André à presença da princesa.

O segundo filho foi tão feliz como seu irmão. Não tendo o reconhecimento da princesa, voltou envergonhado pelo fiasco que havia feito.

A princesa mandou nova intimação à terra, dizendo que, se em vinte e quatro horas o príncipe que lhe prometera casamento não lhe aparecesse, mandaria arrasar a cidade, e depois incendiá-la.

O rei já estava arrependido de ter mandado matar Oscar, quando um dos soldados do batalhão que acompanhou o menino à floresta disse que eles não tinham tido coragem de matar o jovem moço, e só lhe haviam cortado o dedo.

Quando o rei soube disso, teve um raio de esperança. Mandou emissários por todo o seu grande reino, à procura do jovem príncipe Oscar, dando a todo mundo os sinais do moço, e prometendo uma grande fortuna a quem o trouxesse ao seu palácio.

Pediu à princesa que lhe desse cinco dias de espera, dizendo que seu filho Oscar, que lhe havia prometido casamento, estava em viagem, mas que já o havia mandado chamar com urgência.

A princesa concedeu o prazo pedido, dizendo que mais um segundo não concedia, e que se contados os cinco dias o príncipe não chegasse, não responderia pela vida de ninguém daquela cidade.

Havendo tanta gente a procurar o príncipe Oscar, foi muito fácil encontrá-lo como escravo do lavrador, onde trabalhava todo o dia, fazendo serões até alta noite.

Quando o lavrador soube que o seu escravo era um príncipe, ficou mais morto que vivo.

Carregou o mocinho nas costas, e foi chorando levá-lo ao palácio do rei Nebul.

* * *

Estava terminado o prazo, e a princesa já tinha mandado preparar os canhões para bombardear a cidade, quando o príncipe lhe fez sinal que esperasse, porque ia ter com ela.

Assim que o jovem chegou a bordo do navio onde estava a Rainha das Águas, colocou no dedo o anel de ouro.

Esta, reconhecendo o príncipe, mandou o general avisar o rei Nebul que era aquele o seu noivo, e que podia ficar descansado porque não mais bombardearia a cidade, e que partiria no dia seguinte com o navio para o seu reino.

O rei convidou, então, a Rainha das Águas para vir visitá-lo, porque queria conhecer sua nora.

Estavam todos no palácio, quando apareceu uma velhinha pedindo uma esmola. Oscar, vendo que era a mesma que lhe tinha ensinado o remédio para seu pai recuperar a vista, voltou-se para sua noiva, e disse:

— É esta velhinha, formosa princesa, a quem devo a felicidade de me casar e de ver meu pai com a vista que tinha perdido.

A Rainha das Águas voltou para o seu reino e casou-se com Oscar, que ficou sendo o rei que governava o país mais rico e mais formoso do mundo.

A MOÇA DO LIXO

Passavam um dia duas fadas por um jardim formosíssimo e bem tratado, quando viram um monte de estrume que o chacareiro havia deixado para estercar a terra.

— Que coisa nojenta! — disse uma delas. Como é que se consente num jardim tão belo tamanha porcaria, ainda que seja por um momento?!...

— Tive uma ideia — disse a outra. Eu fado para que essa esterqueira se transforme numa mulher tão linda como a Leona, a princesa adivinha, que é a mais formosa criatura do mundo.

— E eu fado — retorquiu a outra —, para que ela tenha um anel no dedo. Enquanto estiver com esse anel, só poderá pronunciar a palavra "porcaria" sem que nada mais possa dizer. Tirando-se-lhe o anel, será uma moça instruída e espirituosa, ao passo que quem o usar ficará com o mesmo defeito.

As duas fadas desapareceram e, do estrume, surgiu uma moça maravilhosamente formosa.

Era nos jardins reais. O príncipe, passando por acaso, viu-a e sentiu-se apaixonado. Perguntando-lhe quem era, de onde vinha, como se chamava, só obteve em resposta:

— "Porcaria!... Porcaria!..."

O príncipe quis fazê-la sua esposa, mas o rei, os ministros, os conselheiros da coroa e os grandes dignitários não o consentiram.

Não podendo, entretanto, deixar de vê-la a todos os instantes, o futuro soberano fê-la alojar no palácio.

Tempos depois teve que se casar, como era obrigado por lei. Deram-lhe por noiva uma princesa, filha de um imperador vizinho e aliado.

Preparando-se a "toalete" da noiva, uma criada lembrou que Porcaria tinha um anel sem igual.

Tirou-o, e apresentou-a à sua nova ama, que o enfiou no dedo.

Quando o cortejo chegou à igreja na hora da celebração do casamento, perguntando o padre à noiva, se livremente recebia o príncipe, ouviu-a dizer:

— "Porcaria!... Porcaria!..."

O príncipe, em vista daquilo, exclamou:

— Não! Não me serve! Porcaria por porcaria, tenho no palácio uma melhor.

Foram buscar a outra, que encontraram falando e conversando com todo o espírito, e o casamento foi celebrado.

A VELHA FEITICEIRA

Tendo adoecido gravemente o lavrador Bernardo, foi preciso que alguém fosse à cidade buscar um remédio receitado pelo médico. Na única botica da vila, não havia aquela droga, difícil e cara, que só se encontrava nas mais importantes drogarias.

Bernardo morava no seu sítio, afastado da vila, e longe da capital. Para se ir até lá, era mister atravessar extensa floresta, onde costumavam reunir-se vários salteadores e povoada de animais ferozes.

Vendo que só o tal medicamento poderia salvar o pobre velho, seu filho Heitor, que tinha apenas quinze anos, resolveu ir buscá-lo.

Era cedo, escuro ainda, quando saiu de casa, em companhia do seu cachorro Leão — um animal fiel e dedicado.

Caminhou o dia inteiro sem parar. Ia anoitecendo, mas ainda o dia não morrera de todo, quando avistou no meio da floresta uma pequena choupana. Resolvido a passar a noite aí, bateu à porta. Abriu-se uma janela aparecendo uma velhinha, feia e magra, devendo ter mais de oitenta anos.

Pediu-lhe hospitalidade, e ela mandou-o entrar, recomendando primeiro:

— Amarre o seu cachorro, moço, que parece um animal muito bravo, e eu tenho medo de cães.

— Nada receie, minha velha — respondeu Heitor —, porque Leão me obedece cegamente e só ataca a quem me quiser fazer mal.

— Pode ser que seja verdade — replicou a velha —, mas é que eu já fui mordida uma vez, e não o quero ser segunda. Amarre-o, senão ficará de fora.

— Mas é que eu também não tenho com que amarrá-lo...

— Isso não seja a dúvida. Basta que lhe passe ao pescoço um fio de cabelo meu...

A velhinha arrancou um fio branco e deu-o ao moço, que se riu daquela corda de nova espécie.

Quando viu o cão amarrado, a dona da choupana, mais que depressa, atirou-se contra Heitor. Ninguém diria ao ver aquela criatura já prestes a morrer que tinha tanta força como qualquer ferreiro.

O mancebo, meio admirado, tentou lutar com ela, sentindo-se fraquejar, chamou o auxílio do cachorro, bradando:

— Avança! Avança, meu Leão!...

— Engrossa bem, meu cabelão!... — gritou a velha.

O fio de cabelo que prendia o animal engrossou àquelas palavras, tornando-se pesada e forte corrente de ferro.

Tendo subjugado Heitor, a feiticeira amarrou-o solidamente, encerrando-o num quarto a fim de engordá-lo e comê-lo mais tarde.

* * *

Passados três dias, vendo que Heitor não regressava, Lauro, seu irmão, segundo filho do velho Bernardo, projetou ir em busca do remédio e ao mesmo tempo procurar saber o que sucedera ao outro.

Saiu de casa, levando por companheiro único um valente cachorro que possuía, e ao qual denominara Capitão.

Seguindo o mesmo trajeto que Heitor, foi parar na mesma choupana, onde a velhinha o recebeu como recebera o primeiro, recomendando que amarrasse o cão com o fio de cabelo.

Lauro, vendo-se ameaçado por ela, chamou em seu auxílio o fiel companheiro, que por mais de uma vez experimentara:

— Avança! Avança, Capitão!...

Do mesmo modo que procedera quando prendeu Heitor, a megera berrou:

— Engrossa, engrossa, cabelão!...

O pobre animal, ligado por uma corrente grossa, não pôde desta vez socorrer seu amo.

A velha feiticeira prendeu Lauro num quarto escuro, até que chegasse a sua vez de ser comido.

* * *

Só restava no sítio do bom e digno Bernardo sua mulher e o seu terceiro filho, Raul.

Não obstante ter somente onze anos, Raul era um menino animoso e ousado.

Quis ir buscar o medicamento receitado, que devia salvar o velho, e procurar os irmãos, e foi.

Pela madrugada saiu de casa, despediu-se de seus pais, e partiu resolutamente.

Também ele chegou à cabana da velhinha e pediu pousada por aquela noite.

Ao ouvir a recomendação para prender o cachorro que levava, disse consigo mesmo:

— Para que quererá esta mulher ver o meu fiel Plutão amarrado? Um fio de cabelo não é corda, e se ela na verdade tem tanto medo dos cães, como diz, dar-me-ia outra corda. Aqui há algum mistério.

Fingiu, todavia, que amarrava o animal, mas apenas pousou o cabelo no pescoço, sem dar nó.

A feiticeira, julgando o cão preso, segurou Raul pelo braço e disse:

— Tu ainda és muito pequeno para eu estar com cerimônias. Vamos para o quarto escuro, até que chegue a vez de te comer ensopado.

— Não, minha velhinha — disse Raul, dando-lhe um sopapo.

A bruxa correu para pegá-lo, e o menino gritou:

— Avança, avança! Bom Plutão!

— Engrossa bem, meu cabelão!... — bradou a velha.

O cabelo transformou-se em uma corrente, mas como não se achava amarrado, caiu no chão.

O fiel cachorro de um salto atirou-se ao pescoço da velhinha, e estrangulou-a.

Raul percorreu a cabana e encontrou seus irmãos, bem como muitos outros viajantes, que haviam caído sob as garras da miserável feiticeira.

Soltou toda a gente, e ateou fogo à choupana.

Os presos, agradecidos, deram-lhe dinheiro, e os três irmãos tiveram tempo de ir à cidade e comprar a droga que salvou o velho Bernardo.

A SAPA CASADA

Reinaldo era um moço estimadíssimo pelas excelentes qualidades, sobretudo por ser honrado e sério. Tinha dois irmãos, e todos três eram filhos de um rico fidalgo. Os irmãos casaram-se com moças da sua sociedade e posição. Vivia cada um em sua casa, tendo por costume irem jantar no primeiro domingo de cada mês no palacete do velho, onde se reunia toda a família.

Reinaldo gostava extraordinariamente de música. Qualquer que fosse o instrumento, apreciava, e seria capaz de ficar um dia inteiro a ouvi-la.

Uma tarde, passeava à margem de uma lagoa. Era ao pôr do sol. De súbito ouviu uma voz deliciosa, cantando uma *romanza* que ele desconhecia, de extraordinária harmonia e suavidade.

O moço parou, e deixou-se ficar enlevado a escutar.

A voz parecia vir de perto, mas debalde procurou a moça que cantava.

Foi-se entusiasmando cada vez mais, até que, cessando a cantiga, ele exclamou:

— Palavra de honra que me casaria com a dona de tão linda voz, se pudesse vê-la, ainda que fosse uma sapa desta lagoa!

Acabando de dizer isso, Reinaldo viu saltar d'água para a terra uma sapa enormíssima, e horrendamente feia.

— Pois é uma sapa que estava cantando — falou ela. — O senhor é um moço sério, e tem que cumprir a sua palavra...

— Fui leviano em pronunciar tal frase — replicou Reinaldo. — Entretanto, como só tenho uma palavra, cumpri-la-ei. Vou apenas avisar meu pai, e amanhã aqui estarei.

Saiu e chegou a casa, tristíssimo, narrando o que lhe sucedera. O velho fidalgo concordou que ele devia cumprir a promessa, feita sob palavra de honra.

No dia seguinte, o jovem foi à lagoa. A sapa, assim que o viu, falou:

— Entre na água sem receio, e mergulhe.

O rapaz executou à risca aquela recomendação, e viu-se de súbito num deslumbrante palácio, edificado embaixo do lago.

Aí estava tudo preparado para o casamento. Passou-se o mesmo que ocorre em nossas cerimônias, com a diferença de que a única criatura humana era Reinaldo. O mais: padre, sacristão, testemunhas, convidados, lacaios, eram sapos e rãs que coaxavam desagradavelmente.

Durante quinze dias, o moço viveu satisfeitíssimo. Habitando um palácio real, nada lhe faltava, melhor do que no palacete de seu pai, e tendo ainda por cima concertos divinos, em que tomavam parte sapos músicos e sapos cantores inexcedíveis, tocando toda a sorte de instrumentos.

Ia se aproximando o primeiro domingo em que sua família — segundo antiquíssima tradição — devia reunir-se no solar paterno.

Reinaldo entristeceu-se, lembrando-se de que tinha que ir forçosamente em companhia de sua horrenda mulher. Que não diriam seus irmãos? Como não haviam de zombar dele suas cunhadas e sobrinhas?

* * *

Chegou o dia marcado. Eram onze horas da manhã quando ele e a sapa se puseram a caminho, seguidos de uma infinidade de sapos, sapas e sapões.

Iam em ordem, enfileirados, como se se tratasse de um cortejo real.

No palacete, a família reunida esperava a chegada de Reinaldo, zombando dele, cheia de escárnios e ironia.

Avistaram de longe a multidão dos habitantes da lagoa.

Todo mundo se ria.

Quando o séquito chegou no grande pátio do palacete, bateu a primeira badalada do meio-dia.

Nesse instante, os sapos, sapas, sapõcs e sapinhos viraram fidalgos, lacaios, pajens, soldados e cavalheiros, escoltando Reinaldo e uma linda jovem.

A sapa era uma princesa. Encantada por uma feiticeira, só devia volver à forma humana, bem como os seus súditos, se encontrasse um homem que a desposasse.

Reinaldo ficou louco de contentamento, ao passo que seus irmãos e cunhados desapontaram.

No lugar onde era lagoa, apareceu um palácio sem igual em todo o país — o palácio que estava no fundo d'água, e fora submergido pela fada má.

A ONÇA E A RAPOSA

Sendo inseparáveis amigas, a raposa e a onça brigaram um dia. Aquela, por ser ladina e esperta, conseguia fugir e evitar a sua inimiga, todas as vezes que se encontravam. Por mais estratagemas que empregasse, a onça nunca pôde agarrá-la. Lembrou-se, então, de se fingir de morta.

A notícia correu pelo mato e os bichos foram ver o cadáver, deitado de barriga para o ar. Sabendo que a sua adversária morrera, a raposa quis certificar-se se era verdade. Dirigiu-se com muita cautela para o lugar onde o corpo se achava e, chegando perto, perguntou:

— Então a onça está morta de verdade?

— Está — respondeu o macaco.

— Ela já arrotou? Perguntou a raposa.

— Ainda não — disse o lagarto. — Por quê? Quando a gente morre, costuma arrotar?

— Pois você não sabia? O meu defunto avô, quando faleceu, arrotou três vezes, respondeu a raposa.

A onça ouvindo aquilo, arrotou.

— Os mortos não arrotam — exclamou a raposa, correndo.

Desesperada por ver que o seu plano falhara, a onça levantou-se e desistiu da vingança.

O ANEL MÁGICO

Tão dócil, meigo e de melhor índole, ninguém havia como o Carlito, e por isso toda a gente o estimava. Os próprios bichos queriam-lhe muito, porque ele não fazia mal algum, de modo que tinha amigos em toda parte.

Crescendo, ficando mocinho, Carlito nem por isso perdeu as suas qualidades e o seu excelente coração.

FIGUEIREDO PIMENTEL

Uma vez, estava ele à porta de casa, quando viu passar um velhinho, tão velho e parecendo tão enfermo, que mal podia caminhar. O rapaz saiu à rua, deu o braço ao velho, e trouxe-o para dentro, servindo-lhe jantar, até que, restabelecido, criou forças e pôde caminhar.

— Já que és tão bom moço, dou-te este anel de condão. Com ele conseguirás tudo quanto quiseres, bastando enfiá-lo no dedo e formular o desejo.

Carlito, achando-se possuidor de tão precioso objeto, vendo que nada mais tinha a recear, foi correr mundo.

* * *

Durante muitos anos viajou por terra e por mar, em quase todos os países do mundo, chegando finalmente à Arábia.

Aí passeando, em uma das cidades, teve o ensejo de ver Ercília, formosa filha de um importante chefe de tribo.

Loucamente apaixonado, foi pedi-la em casamento.

O velho árabe, naquela ocasião, estava em guerra com o rei de um país limítrofe. Declarou-lhe que só o aceitaria por genro se ele mostrasse grande valor no combate que iam travar.

Carlito pôs o anel no dedo e preparou-se para a luta.

Armado apenas com uma espada, desprezando quaisquer outras armas, empenhou-se na batalha.

Ao primeiro embate, a tribo árabe viu-o, com espanto, abandonar as fileiras e avançar sozinho de encontro ao exército inimigo, duas vezes mais numeroso.

Nunca se viu tamanha bravura! Jamais houve coragem assim! A cada golpe de sua espada, um combatente caía para jamais se erguer! Por onde passava, ia deixando um claro aberto! Começou a dizimar o inimigo, a tal ponto que todos fugiram em debandada. Voltando para as fileiras da tribo árabe, não tinha um arranhão sequer.

O rei inimigo, consultando os mágicos do reino, no mesmo dia da derrota, soube que o poder estranho de Carlito lhe era dado pelo anel encantado. Resolveu roubá-lo.

Sabendo quanto o moço era caritativo, mandou um espião, disfarçado em mendigo, pedir-lhe esmola.

O falso pobre chegou à tenda, fingindo-se doente, sem poder caminhar, e pediu hospedagem por uma noite. Carlito concedeu-a de boa vontade.

Durante a noite, aproveitando-se do sono do generoso mancebo, o fingido mendigo roubou-lhe o anel.

Ao despertar, o mocinho sentiu-se roubado.

Soaram as cornetas, e novo combate se travou tendo os árabes toda a confiança, lembrando-se do sucesso da véspera, ignorando o que se passara.

Carlito a ninguém confiou o seu segredo. No momento da peleja foi bravo, mas nada pôde fazer. As tropas inimigas, duas vezes mais numerosas, em pouco tempo desbarataram a tribo.

O pai de Ercília, desesperado, expulsou Carlito, não mandando matá-lo por se recordar das incríveis façanhas do dia anterior.

O jovem saiu do acampamento muito triste, por ter perdido as esperanças de desposar Ercília. Sentou-se à beira do caminho, e chorava, quando lhe apareceu o rei dos Camundongos, que lhe disse:

— Não te desoles, Carlito. Vou mandar dois dos meus vassalos buscarem o anel que te furtaram, e amanhã pela manhã tê-lo-ás.

O chefe inimigo, desde que teve o anel em seu poder, encerrou-o numa caixa de madeira muito forte, postando junto uma guarda de vinte soldados para vigiá-lo. Ninguém podia se aproximar daí.

Os guardas, por mais atentos que estivessem, não podiam ver dois camundongos miudinhos, que começaram a roer a caixa.

Trabalharam sem cessar a noite inteira, sem fazer ruído, até que roeram um pedaço de madeira por onde um deles entrou.

De posse do anel, foram levá-lo ao seu rei, que por seu turno o entregou ao moço.

Carlito voltou ao campo árabe, e fez com que o velho chefe empreendesse novo combate.

Como no primeiro dia, fez extraordinários prodígios de bravura. Abria caminho por entre as cerradas fileiras inimigas, até que, encontrando-se com o rei, o matou. Estava terminada a guerra.

O chefe da tribo árabe, encantado com Carlito, não demorou o seu casamento com Ercília.

UM RAIO DE SOL

Uma formosa manhã de maio, limpa, alegre, fresca, perfumada, é um dos maiores encantos da natureza. Em uma dessas lindas manhãs de primavera, bem cedo, ainda à hora em que o sol se faz anunciar pelos seus primeiros raios, Helena ainda dormia! Como sorri em algum sonho alegre! Ainda ninguém entrou no quarto dela, e apesar disto, a Heleninha já hoje recebeu um beijo. Quem foi, então, que lho deu? Algum passarinho que entrasse pela janela? Não, a janela está fechada. Foi um raio de sol que, penetrando por uma fenda, passou nos lábios de Helena, e ficou todo espantado por encontrar uma menina ainda a dormir. Mas, de repente, Helena acorda, esfrega os olhos, relanceia a vista por todos os lados para ver quem a acordou, e dá com o raio de sol.

— Raiozinho brilhante — disse-lhe ela —, tiveste muito juízo em me vires visitar. Aposto que está levantado há muito tempo; quem sabe mesmo se já trabalhaste muito esta manhã?

— É verdade que sim — respondeu o raio. Já hoje trabalhei muito. Quando meu pai me despede não dá licença que me divirta e tem razão, porque eu, quando estou mais contente, é quando trabalho.

— Teu pai? Mas quem é teu pai?

— É o sol. Mora lá em cima, muito alto, no céu. É tão grande, tão grande, que não poderia vir à terra, por isso manda os filhos em seu lugar. Os filhos são os raios do sol meus irmãos, que à minha semelhança, alumiam e aquecem a terra.

— Mas — tornou Helena — teus irmãos poderiam entrar contigo no quarto?

— De modo nenhum; a fenda era estreitíssima. Só eu pude passar. Os outros raios ficaram lá fora, estão alumiando a fachada da casa. Agora, se tu quiseres abrir a janela, entrarão contentíssimos no teu quarto.

— Ainda não — disse Helena —, eu queria que tu antes disso me contasses tudo o que tens feito e o que viste no teu passeio esta manhã.

— Oh! Já vi muitas coisas. Não te posso contar todas; mas se gostas, dir-te-ei algumas. Quando rompi da montanha, entrei numa floresta e dei claridade a uma família de cutias que se recolhia à toca, e pareciam alegríssimas; naturalmente tinham dançado toda a noite nalgum gramado. Na mesma floresta, alumiei um ninho de sabiás negros. A mãe, mal me viu, acordou o marido, depois os filhinhos, e todos a um tempo principiaram a cantar. Intentei alumiar também um besouro muito velho, mas escondeu-se logo debaixo de uma folha, por não me querer ver. Por volta das cinco horas, entranhei-me numa sebe à borda da estrada e fiz desabrochar uma formosa trepadeira, cor-de-rosa e branca. Quando cheguei, ainda estava toda fechada, mas apenas a aqueci, logo se abriu, e eu fiquei alegríssimo ao observá-la. Na mesma sebe, alumiei uma aranha que estava a tecer a teia; espero que ninguém lhe destrua, porque levou muito tempo, e teve muito trabalho, em a tecer. Mesmo ao pé fiz brilhar as gotas de orvalho suspensas nas vergônteas das ervas, ajudei uma pitanga a amadurecer e aqueci uma mosca. Ainda fiz muito mais coisas: amanhã te contarei. Agora já é tarde, é mais que tempo de te levantares.

— Oh! Por quem és, conta-me ainda mais alguma coisa — disse a pequenina. — Não vistes crianças esta manhã?

— Ora, se vi! E muitas! Levantaram-se bem cedo. A Luizinha, ainda não eram seis horas, já estava a dar de comer às gatinhas, ao mesmo tempo que a leiteira saía para a cidade. O Joãozinho levava as cabras para o pasto em companhia do pai, que ia ceifar erva. Ah! Já me esquecia dizer-te que muitas vezes trabalho ajudado pelos meus irmãos; sozinho não poderia muito. Agora, uns com os outros, amadurecemos os trigos e as frutas todas de que tu gostas tanto; aquecemos as costas da avó da Luizinha, que estava assentada no pátio, e secamos uma camisa, e uma touca, que estão penduradas na corda. Ai! Ai! Que tenho falado muito, é tempo e retempo de te vestires e de te pores a trabalhar, mas sempre te confessarei com franqueza que se os raios do sol se devem dar por felizes por prestarem luz aos trabalhadores, não gostam muito de alumiar os preguiçosos.

— Lindo raio, obrigada por tantas coisas boas que hoje me ensinaste. Se voltares amanhã, à mesma hora, eu te prometo que não me hás de encontrar na cama; aproveitarei a tua formosa luz para continuar a minha tarefa.

Dizendo isto, Helena levantou-se e foi abrir a janela de par em par. Os raios de sol entraram todos ao mesmo tempo no quarto e encheram-no de luz. Helena preparou-se, almoçou e deu princípio ao seu dia, com a firme tenção de se tornar uma boa trabalhadorazinha.

A FAQUINHA E A BILHA QUEBRADA

Vicente já está de volta da escola sossegado, sim, mas a deitar sua olhadela para as vistosas lojas. De repente para. Que estará ele a ver com tanta curiosidade? Um açafate cheio de faquinhas brancas, lindíssimas. Ah! Como devem cortar bem! Que lâminas tão polidas e brilhantes. E não são caras: a oito vinténs. Vão-se-lhe os olhos, mas falta-lhe o melhor; oito vinténs é uma quantia demasiada para as suas finanças. A mãe, uma mulher pobre, apesar de trabalhar muito, pode-lhe lá dar dinheiro para comprar uma faquinha!

— Oh! — diz o Vicente de si para si. — Que poderia eu fazer para ganhar aquele dinheiro?

Saía da loja um sujeito carregado de compras.

— Oh, rapazinho, ajudas-me a levar estas encomendas para minha casa?

— De muito boa vontade — respondeu-lhe o Vicente —, se não for muito longe, porque minha mãe se zanga quando venho tarde da escola.

— É muito perto daqui, não te demoras nada.

O Vicente pegou em dois pacotes, e foram ambos andando até a rua onde morava o homem.

— Está bem, rapazinho, aqui tens pelo teu trabalho — e deu-lhe dois vinténs.

— Muito obrigado, meu senhor, mas eu não quero receber dinheiro por um serviço tão pequeno.

— Pois, então, guarda-os para te lembrares de mim — tornou-lhe o sujeito, entrando em casa.

Para a rua correu Vicente, pulando de contente.

— Ó mãe, ó mãe! Olhe o que me deram quando eu voltava da escola: dois vinténs, ambos novinhos — e pôs-se a contar o caso à mãe.

— Se eu pudesse ganhar mais seis vinténs, chegava-me exatamente para comprar uma faquinha. Ah! Se a mãe soubesse como são bonitas!

— E para que precisas tu de uma faquinha?

— Oh, mãe! Com a faquinha posso fazer muitas coisas: aparar os meus lápis e os dos meus colegas; cortar ramos na alameda para chicotes e flautinhas; arranjar um barquinho; e até ajudá-la a descascar batatas para o jantar, porque as nossas facas são muito grandes. Parece-me que já estou a ouvir dizer: "Então, ainda não viste a faquinha do Vicente? É tão bonita!" E a mãe, quando eu tiver os oito vinténs, dá-me licença para comprar uma?

— Dou, sim, filho. O que eu não sei é como tu os hás de ter.

Vicente passou o serão a imaginar como poderia ganhar alguns vinténs, mas, por mais que batesse na testa, foi-se deitar sem nada ter descoberto.

Um dia, às sete horas da manhã, havia apenas alguns instantes que se levantara. Tirou a lama da porta. De repente, ergueu casualmente a cabeça e deu com o tio Martinho à janela. Era um dos vizinhos.

— Oh! — pensa o Vicente; o tio Martinho está já tão velho para tirar a neve que lhe caiu à porta; depressa, depressa, para ele não escorregar quando for sair.

Dito e feito. Quando o Vicente volta para casa, abriu Martinho a janela e pôs-se a chamá-lo.

— Fizeste bem, meu rapazinho, em me evitar alguma queda. Se repetires isto quando tornar a chover, dou-te um vintém.

Vicente pensou nas faquinhas, e aceitou contentíssimo a proposta. Infelizmente, a chuva não cai todos os dias a cântaros, e decorreu muito tempo antes de ter o dinheiro necessário.

E assim passaram-se semanas e semanas. Trabalhando daqui e dali, mesmo assim o menino apenas conseguiu arranjar sete vinténs.

Só lhe faltava um, para completar a quantia com que poderia comprar a ambicionada faquinha.

— Ah! Se chovesse muito essa noite... — era o pensamento fixo do rapazinho, em cada serão, quando se ia deitar.

* * *

Uma manhã levantou-se, correu à janela para espreitar o tempo, e a mãe viu-o andar aos saltos, e bater palmas.

Não sabia o que isso queria dizer, mas adivinhou-o quando viu o Vicente, depois de lhe ter vindo pedir a bênção, e de lhe dar um beijo, pegar na pá e na vassoura, e sair de casa.

A mãe pôs-se a espreitá-lo. Que azáfama! Que desembaraço! As mãos roxas da friagem, mas a vassoura num corrupio.

Acabou. O Martinho abre a porta, sai, tira a bolsa, e o oitavo ambicionado vintém passa da mão do vizinho para a de Vicente. Correr a ir buscar os outros sete vinténs guardados com tanto carinho numa caixinha, almoçar e partir para a escola, foi obra de um momento.

Como ele salta pela rua afora! Que leva fechado na mão? Um tesouro que tem medo de perder: oito vintenzinhos em que se vai revendo, contando-os e tornando-os a contar.

Lá está já a rua da loja sedutora. Um instante mais e a faquinha é dele.

* * *

Do outro lado da rua vai uma menina, vestida pobremente, e andando com muita cautela para não escorregar. Parece transida de frio; as mãozinhas, roxas de todo. Leva uma bilha de leite. O Vicente ia já a entrar na loja, quando, de repente, vê a menina escorregar e cair ao atravessar a rua. A bilha quebrou-se-lhe. O leite que ia ser o almoço da avó, todo entornado!

Quando a vê cair, corre para a ajudar a levantar-se. Já em pé, a menina, lavada em lágrimas, conta-lhe que não leva nem um real, e que a avó ainda não almoçou. Vicente olha para os seus oito vinténs, depois para a loja onde estão penduradas as faquinhas, depois para a pequenina, que ainda continuava a chorar. Reflete um momento.

Levou-a a outra loja em que não se viam faquinhas, mas uma grande quantidade de pratos, xícaras, bilhas de todos os tamanhos e de todas as cores. O rapazinho escolheu uma bilha azul e branca, muito bonita, pagou um tostão à dona da loja, e ato contínuo foi à leiteria, onde a mandou encher de leite. De todo o seu dinheiro, nada lhe sobrou.

A menina, doida de contente por ter uma bilha nova, sorriu-se e consolou-se. Retomou o caminho da casa, levando ao lado o seu novo conhecido, mas sempre com mil precauções para não tornar a cair.

E, ao separar-se dele, perguntou-lhe:

— Como te chamas?

— Vicente.

— E eu, Maria. A minha avó diz que ainda sou pequenina para guardar dinheiro; mas quando crescer, hei de ter muito, e hei de te comprar um brinquedo, porque hoje foste um anjinho para mim.

As duas crianças ainda conversaram alguns instantes. Depois separaram-se, prometendo que haviam de ser amigos para sempre. Maria correu para a avó, mostrou-lhe alvoraçada a sua bilhinha nova, e contou-lhe tudo o que lhe aconteceu. Vicente seguiu para a escola, resplandecente de alegria, pela boa ação cometida.

A BURRA E O SEU BURRINHO

Xairelada deu à luz um elegante burrinho, quando o sol principiava a iluminar as casinhas da aldeia de São Pedro. Ainda muitos habitantes se estavam espreguiçando, e já na cavalariça, no extremo da terra, acordara tudo, havia imenso tempo. Ali está Xairelada, a burra benquista, a deitar a cabeça pela janela. Hi, han! Hi, han! Cantarola, mostrando a dentuça. Hi, han! Hi, han! Repente, cada vez que ouve passar alguém pela rua. Que prazenteira que está, brilham-lhe os olhos; até se pode dizer que sorri! Que lhe sucedeu? Venha ver. Além, em cima de um molho de palha, está a dormir o seu recém-nascido, um formoso burrinho, com cada olho! A mãe acha-lhe as orelhas tão bonitas e tão compridas que nem um instante deixa de lhas admirar e lamber, e, revendo-se nele, assim lhe diz:

— Filhinho querido! O sol alumia-te o primeiro dia de vida. Oxalá que seja para tua felicidade!

— E decerto que há de vir a ser um burro famoso — interrompe de lá a Parda, a burra mais velha da cavalariça. — Queres um conselho, Xairelada? Dá-lhe de mamar seis meses, pelo menos; tenhamos fé em que o nosso dono há de dar licença.

— Eu cá por mim — diz dali um burro — só desejo que ele seja menos tagarela que sua mãe. Desde o arrebol da manhã, ou ainda antes, que não faz senão zurrar. Não há meio de pregar o olho! Não estarás calada, Xairelada? Tens o dia todo para anunciar aos quatro ventos da terra o nascimento de teu filho.

— Meu querido amor — interrompe Xairelada —, não me querem ver feliz!

Depois, deitando-se-lhe ao lado e ajeitando-se, continua:

— Aqui tens um leite soberbo. Ninguém to poderia dar melhor. Quantos doentes o não desejariam beber! Não, minhas senhoras, este não há de ser para vossas excelências, já lhes dei muito no ano passado; este agora, reservo eu para o meu filho.

Cresceu o burrinho, e já acompanha a mãe ao prado. Enquanto ela vai roendo as folhas, anda ele a saltar, a pular, a rolar-se todo pela erva; às vezes dá saltos tão grandes, que Xairelada chega a ter medo de lhe ver quebrar alguma perna.

Ao filho estremecido puseram o nome de Grizão.

Uma vez Grizão descobriu um riacho no fim do prado. Por mais voltas que desse ao miolo, Xairelada não chegava a adivinhar por que ia ele sempre para aquele lado: para tomar banho, não podia ser, porque ela lho proibira, e demais a mais, não é lá muito de um burro estar a ensopar os pés na água. Fora o caso; Grizão, indo uma vez beber água, descobriu no riacho o seu rosto burrical, e nunca mais deixou de ir ali dia nenhum para ver se lhe cresciam as orelhas, se a pontinha da cauda ia crescendo também, numa palavra, se no focinho se estampava o ar burricamente característico. Porque o seu desejo mais ardente era ver-se burro.

— Quando chegar a ser grande — dizia ele a cada passo — hei de me pôr a comer cardos, como faz a minha mãe, hei de puxar as carroças, hei de trazer sobre o espinhaço todos aqueles senhores e senhoras e meninos que vão a passeio. A mamãe fica estafada, mas eu cá, se visse uma senhora montada em mim, havia de lhe mostrar que sou forte, que lhe poderia fazer isto e mais isto...

Grizão tem um gênio muito alegre, caráter franco, e por isso adquiriu muitos amigos na aldeia. Mais que todos, um potrozinho preto, da idade dele, depois uma cabra e o filho, um cabritinho. Andam muitas vezes juntos no prado. À sombra de uma mangueira, falam de uma infinidade de coisas, em favor dos animais de sua espécie. Chegam-se a zangar, e quase a engalfinhar, mas fazem logo as pazes.

Um dia, o potro, voltando-se para Grizão, perguntou-lhe:

— Ó meu amiguinho, não me dirás onde foste desencantar essas orelhas tão grandes, e de que te podem elas servir? Quando as deixas cair, ficas com um ar tão esquisito, que por mais que eu faça, não me posso suster com o riso.

— Que queres tu? — respondeu Grizão. — Sou um burro, como hei de ter orelhas de cavalo? Ora, toma sentido! Não digas mal de minhas orelhas, olha que eu já percebi que elas ouvem melhor que as tuas.

— Talvez — diz o potro.

Depois, dirigindo-se à cabra:

— Ó Negrinha, haverá quem apresente um pé mais esquisito do que o teu? Parece partido ao meio. Aposto que o da tua avó era mais bem feito. Repara no de Grizão e no meu. Duas belezas! Bem se vê que ainda somos primos!

— Somos, somos — interrompeu Grizão — primos pelos pés, mas não pelas orelhas.

— Muito obrigada pelo presente dos teus pés bonitos — disse Negrinha —, mas não aceito. Vão vocês com os seus pezinhos delicados trepar e saltar por sobre os rochedos, comer a erva e as florinhas que só crescem no cimo dos montes, e depois venham-me mostrar em que estado lhe ficaram os joelhos e os dentes. Sou uma sua criada! Ainda têm mais outra vantagem os meus pés: é não os ferrarem nunca; e ou estou muito enganada, ou é vantagem que nenhum de vocês apetece.

— Tens sempre boas respostas — disfarçou o potro —, não falemos mais nisto.

— Falemos, sim senhor — continuou Negrinha. — Porque é que os cavalos e os burros não têm nenhuma arma para se defenderem, nem mesmo um chavelho, enquanto as cabras possuem dois?

— É porque nós nos defendemos com os pés — tornou-lhe o potro.

— Olhe que defesa!

Nisso o cabrito saltou sobre Grizão o que, na linguagem deles queria dizer: vem brincar comigo. Grizão espojou-se nas ervas; Negrinha entrou aos saltos de outro lado com o potro. E assim passavam vida regalada os três amigos.

II

Grizão completou o seu segundo ano, e é já um burro feito. Xairelada gloria-se do filho que tem. Afirma que é o burro mais bonito do sítio. O dono mandou-lhe fazer uma sela, depois montou nele para lhe ensinar a comportar-se com juízo, quando levasse cavaleiros e senhoras, mas o pobre dono regressou ferido na cara. Grizão estreara tão contente, que saltou para a direita, saltou para a esquerda, acabando por ferrar com o dono em terra.

— Meu querido filho — disse-lhe, quando o viu chegar —, por quem és, anda mais a passo, olha que te há de acontecer alguma!

— Eu faço as diligências, mas não sei que formigueiro sinto nas pernas; é-me forçoso saltar: um homem para mim é peso muito leve. Se eu pudesse falar, dir-lhe-ia que montassem em mim ao mesmo tempo ele e a mulher.

— Que força! — exclamou a burra toda vangloriosa. — Como a mocidade é feliz!

Sucedeu que uma manhã chegassem à aldeia um passageiro, os filhos pequenos e outros rapazinhos amigos. Uma passeata.

— Burros! Burros! — gritavam todos eles ao mesmo tempo ao ver a cabeça de Grizão à janela. — Ó papá, aluga-os para passearmos!

— Se houver para todos — respondeu o pai. — Olá, tio dono dos burros, pode-nos alugar oito?

— São os que tenho; mas, por um, não respondo: a poucos passos deitará pelo pescoço fora o que montar nele.

— Quero esse, quero esse! — gritou Eduardo, o rapaz mais velho. — Eu sei me suster.

— Olha que não te quero ver chegar com alguma perna quebrada.

— Não há de suceder mal — continuou Eduardo. — Não é a primeira vez que monto em burros.

— Está bem — disse o pai. — Como não há mais nenhum, monta nele, eu vou ao pé de ti, para não te suceder alguma coisa.

Dali a momentos, largava a caravana. Grizão caminhava ao lado da mãe, que não cessava de lhe fazer advertências, aconselhando-o, sobretudo, a ir sossegado.

Os rapazes vão gritando todos os mesmo tempo, em algazarra própria:

— Eh! Grizão! Eh! Xairelada! Eh! Branquinha!

E a burricada toda a trote, por ali fora, ficando para trás o pai e o burriqueiro.

— Eh! Grizão! — disse Eduardo.

Grizão deu um saltinho, mas, de repente, lembrando-se da recomendação da mãe, conteve-se, e continuou a trotar com juízo.

CONTOS DA AVOZINHA

— Eh, lá, Grizão! — repetiu Eduardo, dando-lhe uma palmada no pescoço. Desta vez Grizão, esquecendo-se da camaradagem em que ia, partiu a toda a brida, sem se importar com as subidas nem descidas.
— Para! Grizão, para! — gritava Eduardo. Mas Grizão cada vez a correr mais, até que o pobre rapaz, perdendo o freio, foi pela cabeça do burro fora, e de rolo por um montículo abaixo.
Levantou-se todo aturdido, sacudiu os joelhos e os cotovelos. O pai, assustado, chegou correndo, mas ao ver que lhe não sucedera mal algum, exclamou:
— És um cavaleiro às direitas! Agora, olha para o teu burro.
Grizão, tendo-se empoleirado numa altura, estava vendo passar a cavalgada, entoando a sua cantiga do "hi han, hi han, hi han", como quem bradava a Eduardo:
— Ora, apanha, meu menino; agarra-me, se és capaz; não viste como eu me livrei de ti?
Grizão não se quis tornar a ajuntar à alegre companhia e voltou para a cavalariça por outro caminho.
— Ah, Grizão! — exclamou a dona, quando o viu chegar sozinho. — Aposto que fizeste alguma das tuas!
O dono, desenganado de que Grizão se tornava de dia para dia mais turbulento, e antevendo mais quedas aos fregueses, vendeu-o a uma leiteira, que morava ao sopé da montanha. Uma manhã foi levá-lo à nova dona. O mísero ia cabisbaixo e de orelhas caídas, todo tristonho, por se separar da sua querida mãe. Xairelada não fazia senão chorar e tinha-se conservado à janela da cavalariça todo o tempo que pôde ver o filho pelo caminho afora. Já ia muito longe, e ainda ela cá a bradar-lhe:
— Hi han, hi han, hi han, adeus, adeus!...
A leiteira era uma mulher velha que havia muitos anos levava todas as manhãs à cidade o leite das suas vacas. Acabara de lhe morrer o burro mais velho, de quinze anos, que apesar da idade conservou-se à carroça até o último dia. Agora é dado a Grizão o encargo de o substituir naquele penoso labor. Pois está satisfeito, porque se acha com forças, e mal a dona o vem buscar para o pôr à carroça, logo dá um salto de contente.
Chegou o dia próprio. A carroça levava além do leite algumas canastras de legumes.
— Muito bem, sr. Grizão — disse-lhe a velha, fazendo-lhe uma festa.
— Continue assim e seremos amiguinhos.
Grizão tem de esperar enquanto a dona vai tratar da vida. Vem à capital pela primeira vez, e por isso está todo maravilhado do que tem visto. Muitos outros burros esperam também pela chegada dos donos. Grizão, parecendo-lhe que eles têm um ar triste, perguntou ao vizinho o que significava toda aquela melancolia.
— Bem se vê que ainda estás novo e forte! — respondeu-lhe o interrogado. — Formosa se te afigura a vida, mas, para nós outros, velhos cujas forças vamos perdendo todos os dias, a carroça é pesada, duras as

137

arrochadas e o sustento pouco de cobiçar. Eu só tinha um amigo neste mundo: era um rapazinho que me levava todas as manhãs um pedaço de pão e me fazia festas, mas há duas semanas que desapareceu e receio que lhe tenha acontecido alguma desgraça.

Nesse momento, ouviu-se um rufar de tambor. O burro ancião estremeceu todo.

— Que tens? — perguntou Grizão.

— Não é nada. O ruído do tambor incomoda-me sempre; não me posso esquecer de que seja em cima da pele de minha mãe que eles batem.

— Em cima da pele da tua mãe?

— Decerto — acrescentou o burro velho. — Da nossa pele é que se fazem os tambores; é nosso destino o sermos espancados não só em vida mas também depois de mortos.

Esse pensamento entristeceu profundamente Grizão no resto do dia, e à volta para casa vinha menos alegre do que fora para a cidade, a passo e de cabeça baixa.

— Eh, lá! — dizia-lhe a leiteira, dando-lhe uma chicotada.

— Ah! Ela tem o atrevimento de me bater? — pensou Grizão, continuando muito a passo.

— Eh, eh! — chegando-lhe outra vez.

De repente, Grizão estacou.

— Olá! Este é tão cabeçudo como os outros — murmurou a velha, tornando a mimoseá-lo com o chicote.

— Bonito! — disse Grizão de si para si. — Começa a minha vida de tambor. E não deu mais um passo.

A leiteira apeou-se para o puxar pela rédea; mas ele, vendo-a pôr os pés em terra, deitou a todo o galope, e chegou à casa muitos antes dela. Como estava cansado, queria beber água, mas a da fonte não lhe agradava muito, e Grizão, como todos os animais da sua família, não bebia senão água claríssima.

A dona, ao chegar a pé, e banhada de suor, quis ajustar as contas com ele, mas refletiu que ainda era novo, e que, a falar a verdade, para a primeira vez, não tinha sido demasiadamente caritativa. Desaparelhou-o, foi-lhe dar de beber (Grizão tem todo o cuidado de não meter o focinho na água) e levou-o para o pasto. Vendo-se à rédea solta, espojou-se pelas ervas. É um modo de dizer à dona:

— Ah! Já que me não limpas, limpo-me eu, assim!

À noite reentrou na cavalariça, adormeceu pensando na mãe, e projetando ir um dia visitá-la.

O VESTIDO RASGADO

Yvone por que virá hoje tão triste da escola? Faria por lá alguma maldade? Não. A mestra ficou muito satisfeita com ela.

CONTOS DA AVOZINHA

Foi isto: quando ela se levantou do banco, rasgou o vestido sem querer.

E que buraco! Dar-se-á o caso que o saiba consertar, sem se ficar conhecendo?

Bem pode ser, porque a mãe (uma pobre lavadeira), quando chega à casa, vem mortinha de cansaço. Como estava escuro, Yvone acendeu o candeeiro, e foi procurar a caixa em que a mãe costuma guardar todos os retalhos.

— Aqui está um azul, da cor do meu vestido — pensou Yvone, estendendo o retalho. — Se eu lhe puder meter uma tira!

Despiu o vestido, deitou um chalinho pelos ombros, e pôs mãos à obra, com tanto afã, que nem deu pela chegada da mãe.

— Aconteceu-te alguma coisa? — perguntou-lhe, chegando ao pé da filhinha. — Está a consertar o vestido? Rasgaste-o? Olha que seria uma desgraça, porque não tens outro, nem há nenhum bocado de pano azul.

— Há, sim, minha mãe — respondeu a pequenina, mostrando-lhe o vestido.

— Pois eu julgava que não havia; mas está me parecendo que sabe fazer muito bem um conserto.

— Já sei, já — respondeu Yvone, brilhando-lhe os olhos.

Naquela noite, foi se deitar contentíssima.

De manhã, levantou-se, vestiu-se, lavou-se, olhou para o vestido e chegou até ao pé da janela para o examinar de mais perto.

— Olhe! Minha mãe! Minha mãe! — gritou ela em choro. — Venha cá ver. Pois não pus uma tira verde no meu vestido azul? Que hei de eu fazer agora? Não posso ir à escola com esse vestido assim!

— Então, como foi isso? Não sabes que muitas vezes, à luz do candeeiro, o azul se confunde com o verde, e o verde com o azul? Mas, por causa disso, não há de faltar à escola. Talvez que o avental te esconda a tira.

Yvone vestiu o vestido e pôs o avental. Qual história! O avental é pequeno demais, e a tira continuava a ser vista.

— Lembra-me uma coisa! — disse Yvone. — É pôr a pasta dos papéis mais para trás, e assim parece-me que não se verá.

Lá foi para a escola, e empregou tanto cuidado todo o dia, que ninguém reparou.

À saída, porém, esqueceu-se da tira. Foi pôr a pasta a um canto do pátio, e começou a brincar com as condiscípulas. Não brincou por muito tempo, porque dali a pouco reparou em duas meninas, que olhavam para ela a rir-se.

De repente, lembrou-se do vestido, fez-se muito corada, e sentiu duas lágrimas rolarem-lhe pelas faces. Pegou na pasta e saiu.

* * *

139

Eugênia, uma das meninas que tinha feito escárnio do vestido de Yvone, não voltou muito contente da escola, nem a mãe a ouviu cantarolar, como costumava, pela escada acima. Não fez senão pensar na colega que viu sair da escola tão triste.

— Eu é que fui culpada — pensava. — Faz-me tanta pena ter-me rido. Mas também, para que foi deitar uma tira verde num vestido azul? Falar verdade, era muito esquisito.

Eugênia pegou na boneca para brincar, mas a boneca não a distraía. Por mais que fizesse, tinha defronte dos olhos o rosto melancólico de Yvone.

— Foi decerto por ela não ter outra fazenda da cor do vestido; se eu tivesse, dar-lhe-ia.

Correu, então, a casa toda, a ver se a achava. Perguntou à mãe, tudo debalde. Por mais voltas que deu, não encontrou fazenda alguma azul, senão a do vestido da boneca. Então pegou nesta, abraçou-a, olhou muito para ela, e parecia refletir:

— Minha adorada Ida — disse de repente. — Bem conheço o teu bom coraçãozinho, por isso te vou pedir uma fineza. Não te lembras da Yvone, que no outro dia viste em nossa casa? Há de acreditar que deitou uma tira verde no vestido azul! Por mais que imagines, não podes fazer ideia da fealdade que ficou. Tenho a certeza de que não quererias para ti um vestido consertado daquela maneira. Foi decerto por não ter outra fazenda. O vestido é da cor do teu. Farias tu o sacrifício de lhe dar este, para mudar a tira? Bem sei que não tens outro para o inverno, mas a nossa casa é quentinha. Não te parece que, vestindo o teu vestido de verão, e pondo o teu chalinho de lã escarlate, ficarás ainda uma boneca senhoril?

Ida olhou para a dona, com o sorriso do costume. Pareceu a Eugênia que ela fazia o sinal de consentir. Despiu-lhe, então, o vestido do corpo, separou a saia, e pegando nesta, correu à casa de Yvone.

Quando chegou, a porta estava entreaberta.

Antes de entrar, parou um instante e ouviu:

— Olha, mamãe! — Eu não posso tornar à escola com esse vestido!

— Hás de tornar — bradou-lhe Eugênia (abrindo de repente a porta). — Olha, aqui tens um bocado de fazenda para o consertares. Só Deus sabe o que me afligi por ter sido a causa de te ver chorar. Não pense mais nisso, não?

* * *

Diz a vizinhança que Yvone ficou tão contente, que de todo se esqueceu daquele desgosto.

Deitou tira nova no vestido, e no outro dia entrou alegríssima na escola. Eugênia, pulando de contentamento, voltou para a boneca, encontrando-a a sorrir como sempre. E desde aquela ocasião, as duas meninas, Yvone e Eugênia, ficaram amicíssimas.

A ALMA DO OUTRO MUNDO

Zeneida tinha um namorado com quem queria a todo o transe casar-se. Sendo ele, porém, um homem do povo, conquanto honrado e trabalhador, a família dela, orgulhosa, com fumaça de fidalguia, e rica, não o consentiu e tratou de lhe arranjar outro casamento.

Apresentando-se como pretendente um velho, que enriquecera no comércio, o pai obrigou-a a aceitá-lo por noivo. A moça obedeceu, a seu pesar, não gostando daquele marido que lhe ofereciam, e não se tendo esquecido do seu apaixonado.

Realizadas as bodas, os noivos partiram para uma longa viagem que devia durar três meses.

* * *

Uma vez jornadeando, tiveram que passar um rio, largo e fundo, sobre uma estreita ponte de madeira. Zeneida, alegando muito medo, fez o marido passar adiante, e, quando se viram em meio, atirou-o à água.

Na ocasião em que estava prestes a se afogar, o velho ricaço, antes de desaparecer submergindo, exclamou:

— Deixa estar, malvada, que minha alma te há de perseguir!...

Desde esse dia, uma voz invisível acompanhou-a sem cessar, noite e dia, repetindo todas as palavras que ela pronunciava.

A rapariga foi obrigada a se fingir muda, receosa que viessem a descobrir o seu crime.

* * *

Continuando a viagem sozinha, Zeneida foi ter a um grande país, a cuja capital chegou.

Aí, passeando pelos arredores, foi vista por um príncipe, que dela se apaixonou, dirigindo-lhe declarações de amor, e terminando por pedi-la em casamento.

Por meio de gestos mímicos, ela fez compreender que aceitava, mas que não podia falar por ser muda.

O príncipe ficou sentidíssimo, porque a lei vedava-o casar com qualquer moça que não fosse absolutamente perfeita. Todavia mandou levá-la para o paço, confiando-a aos cuidados dos mais notáveis médicos do reino, que a examinaram desenganando-se de curá-la.

Quando se achava a sós, Zeneida tentava falar. Mas a menor palavra que pronunciasse, a alma de seu marido a repetia, e mesmo conversavam.

Um dia soube que o príncipe ia casar-se, vendo que ela não ficava boa.

A noiva devia chegar nessa manhã, e todos os criados do palácio tinham ido ver o seu desembarque.

Zeneida, ficando sozinha, dirigiu-se à cozinha real, também abandonada, onde se preparava o banquete. Destampou uma panela, e provando o guisado, exclamou:

— Oh! Como está gostoso!

— Oh! Como está gostoso — repetiu a alma.

— Queres um bocadinho?

— Quero.

— Então, chega-te aqui, para a ponta de meu dedo!

Esticando a mão fechada só com o indicador estendido, Zeneida estalou o dedo no fogão.

Ouviu-se um grande estrondo, e ela disse com um suspiro de alívio:

— Uff! Felizmente estou livre!

Falou, cantou, recitou, e não ouviu mais a voz da alma que a importunava.

Foi se vestir deslumbrantemente.

O cortejo da nova princesa já havia chegado ao palácio.

Zeneida dirigiu-se para o salão, onde viu a noiva sentada num trono, junto ao príncipe.

Ao avistá-la, a noiva, querendo fazer espírito, perguntou:

— Esta é a muda mudona?

A outra retorquiu:

— E esta é a noiva noivona, que já está tão sabichona?

Admirado de ouvi-la falar, o príncipe desmanchou o casamento com a primeira, vindo a se casar com Zeneida.

**ENCONTRE MAIS
LIVROS COMO ESTE**

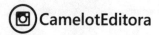